全彩美绘

故乡的杨梅

王鲁彦◎著

北方联合出版传媒(集团)股份有限公司

春 风 文 艺 出 版 社

· 沈 阳 ·

图书在版编目（CIP）数据

故乡的杨梅：全彩美绘版 / 王鲁彦著 . —沈阳：
春风文艺出版社，2023.7
　　（大作家的语文课）
　　ISBN 978－7－5313－6443－6

　　Ⅰ.①故… Ⅱ.①王… Ⅲ.①散文集 — 中国 — 当代
Ⅳ.①I 267

中国国家版本馆CIP数据核字（2023）第092005号

北方联合出版传媒（集团）股份有限公司
春风文艺出版社出版发行
沈阳市和平区十一纬路25号　邮编：110003
辽宁新华印务有限公司印刷

责任编辑：邓　楠	助理编辑：滕思薇
责任校对：赵丹彤	插　画：张杰客
印制统筹：刘　成	幅面尺寸：145mm × 210mm
字　数：60千字	印　张：4
版　次：2023年7月第1版	印　次：2023年7月第1次
书　号：ISBN 978-7-5313-6443-6	
定　价：26.00元	

目录

故乡的杨梅

　　过完了长期的蛰伏生活，眼看着新黄嫩绿的春天爬上了枯枝，正欣喜着想跑到大自然的怀中，发泄胸中的抑郁，却忽然病了。

　　唉，忽然病了。

　　我这粗壮的躯壳，不知道经过了多少炎夏和严冬，被轮船和火车抛掷过多少次海角与天涯，尝受过多少辛劳与艰苦，从来不知道战栗或疲倦的，现在却呆木地躺在床上，不能随意地转侧了。

　　尤其是这躯壳内的这一颗心，它历年可是铁一样的。对着眼前的艰苦，它不会畏缩；对着未来的憧憬，它不肯绝望；对着过去的痛苦，它不愿回忆。然

　　本篇入选语文教材时更名为《我爱故乡的杨梅》，选作课文时有改动。

而现在，它只能凄凉地往复地想了。

唉，可悲呀，这病着的躯壳，病着的心。

尤其是对着这细雨连绵的春天。

这雨，落在西北，可不全像江南的故乡的雨吗？细细的，丝一样，若断若续的。

故乡的雨，故乡的天，故乡的山河和田野……还有那蔚蓝中衬着整齐的金黄的菜花的春天，藤黄的稻穗带着可爱的气息的夏天，蟋蟀和纺织娘们在濡湿的草中唱着诗的秋天，小船吱吱地触着沉默的薄冰的冬天……还有那熟识的道路，还有那亲密的故居……

不，不，我不想这些，我现在不能回去，而且是病着，我得让我的心平静。恢复我过去的铁一般的坚硬，告诉自己：这雨是落在西北，不是故乡的雨——而且不像春天的雨，却像夏天的雨。

不要那样想吧，我的可怜的心哪，我的头正像夏天的烈日下的汽油缸，将要炸裂了，我的嘴唇正干燥得将要迸出火花来了呢。让这"夏天"的雨来压下我头部的炎热，让……让……

　　唉，就说是故乡的杨梅吧……它正是在类似这样的雨天成熟的呀。

　　故乡的食物，我没有比这更喜欢的了。倘若我爱故乡，不如就说我完全是爱这叫作杨梅的果子吧。

　　啊，相思的杨梅！它有着多么惊异的形状，多么可爱的颜色，多么甜美的滋味呀。

　　杨梅圆圆的，和桂圆一样大小，远看并不稀奇，拿到手里，原来遍身生着小刺。这并非是它的壳，而是它的肉。不知道的人，一定以为这满身生着刺的果子是不能进口的，否则也需用什么刀子，削去那刺的尖端吧？然而这是过虑。它原来是希望人家爱它吃它的。等杨梅渐渐长熟，刺也渐渐软了，平了。摘一颗放进嘴里，软滑之外还带着什么感觉呢？没有人能想得到，它还保存着它的特点，舌尖触到杨梅那平滑的刺，使人感到细腻而且柔软。

颜色更可爱呢。杨梅先是淡红的，像娇嫩的婴儿的面颊，随后变成深红，像小姑娘的害羞的脸庞，最后黑红了——不，我们说它是黑的。然而它并不是黑，因为太红了，所以像黑的。你轻轻咬开它，就可以看见那新鲜红嫩的果肉，嘴唇上舌头上同时染满了鲜红的汁水。说它新鲜红嫩，有的人也许以为一定像贵妃那肉色似的荔枝吧？哎，那就错了。荔枝的光色是呆板的，像玻璃，像鱼目；杨梅的光色却是生动的，像映着朝霞的露水呢。

滋味吗？没有熟透的杨梅又酸又甜，熟透了就甜津津的，这甜味可绝不使人讨厌，不但爱吃甜味的人尝了一下舍不得丢掉它，就连不爱吃甜味的人也会完全给它吸引住，越吃越爱吃。它是甜的，然而又依然是酸的，而这酸味，我们须待吃饱了杨梅，再吃别的东西，才感觉到牙齿被它酸倒了。我小时候，有一次吃杨梅，吃得太多，发觉牙齿又酸又软，连豆腐也咬不动了，于是我才恍然悟到刚才吃多了酸的杨梅。我们知道这个，然而我们仍然爱它，我们仍须吃一个大饱。它真是世上最迷人的东西。

唉，故乡的杨梅呀！

细雨如丝的时节，人家把它一船一船地载来，一担一担地挑来，我们一篮一篮地买了进来，挂一篮在檐口下，放一篮在水缸盖上。倒上一脸盆，用冷水一洗，一颗一颗地放进嘴里，一面还没有吃了，一面又早已从脸盆里拿起了一颗，一口气吃了一二十颗，有时来不及把它的核一一吐出来，便一口吞进了肚里。

"生了虫呢……蛇吃过了呢……"母亲看见我们吃得快，吃得多，便这样地说了起来，要我们仔细地看一看，多多地洗一番。

但我们并不管这些，它成了我们的生命，我们越

吃越快了。

"好吃，好吃。"我们心里这样想着，嘴里却没有余暇说话。待肚子胀上加胀，胀上加胀，眼看着一脸盆的杨梅吃得一颗也不留，这才呆笨地挺着肚子，走了开去，叹气似的嘘出一声"咳"来……

唉，可爱的故乡的杨梅呀！

一年，两年……我已有十六七年不曾尝到它的滋味了。偶尔回到故乡，不是在严寒的冬天，便是在酷热的夏天，或者杨梅还未成熟，或者杨梅已经落完了。这中间，曾经有两次，我在异地见到过杨梅，比故乡的小，比故乡的酸，颜色又不及故乡的红。我想回味过去，把它买了许多来。

"长在树上，有虫爬过，有蛇吃过呢……"

我现在成了大人，有了知识，爱惜自己的生命甚于爱杨梅了。我用沸滚的开水去细细地洗杨梅，觉得还不够消除那上面的微菌似的。

于是它不但不像故乡的，而且简直不是杨梅了。我只尝了一两颗，便不再吃下去。

最后一次，我终于在离故乡不远的地方见到了可爱的故乡的杨梅。

然而又因为我成了大人，有了知识，爱惜自己的生命甚于爱杨梅，偶然发现一条小虫，也就拒绝了回味的欢愉。

现在我的味觉也显然改变了，即使回到故乡，遇到细雨如丝的杨梅时节，即使并不害怕从前的那种吃法，我的舌头应该感觉不出从前的那种美味了，我的牙齿应该不能像从前似的能够容忍那酸性了。

唉，故乡离我愈远了。

我们中间横着许多鸿沟。那不是千万里的山河的阻隔，那是……

唉，我到底病了。我为什么要想到这些呢?

看哪，这眼前的如丝的细雨，不是若断若续地落在西北的春天里吗?

我们的学校

　　屡次坐着船经过儿时的学校，就会引起我愉悦的回忆。这次因着比较闲暇，终于高兴地趁着路过的机会，上了岸。

　　大门旁依然流着清澈的河水，外面也依然围着二三尺高的铁栏杆。只是进了门，看见院子那边的一个很大的礼堂，觉得生疏了，仿佛从前是没有的。对着几个大柱子出了一会儿神，才恍惚记起了一部分是我们的膳堂，一部分是我们的操场。我们那时约有七八桌的同学和教师，正中的一桌的上位，是我们大家最尊敬的校长徐先生坐的，现在这里变成了讲台，后面挂着孙中山的肖像了。外面放着好几排椅子的地方，是我们拍球、踢毽子或雨天上体育课的所在。我在这里消磨的时间最多，每天课后就在这里踢毽子。

礼堂上挂着许多图表。见到历任教职员一览表，才记起我在这里做学生已是二十年前的事了。徐校长是在民国四年离校的。

民国四年，现在看起来，仿佛是上古时代了，那时的一切似乎都不如现在的进步、文明。我们在学校里虽曾经听过先生说及火车等等的稀奇的东西，却绝不曾想到二十年后的乡间，天天可以见到汽船、汽车和飞机。时光不知是怎样过去的，那时的儿童，现在已经比那时的教师还大。我们的教师哪里去了呢？没有人知道。

礼堂的北边是教室和寝室，和从前一样的分配，但那已经不是我们读书时候的旧式楼房，现在是洋房了，而且也已经略略带着老的姿态。面前是满种着花草的花园，我已记不起来从前是什么所在了，但总之，那时是没有花园的。

礼堂的西南，是我们从前的操场，现在给缩小了，多了几间屋子。再过去是魁星阁，上面塑有魁星的神像的，现在连屋子都拆了。

礼堂的南边，从前是一个荒凉的小小的水池，周围栽着高大的倒垂的杨柳，是我们纳凉、散步和观鱼的地方，现在变成一块平地，一面盖着清洁的膳堂，一面成了雅致的花园。

我四处走了一遭，回转身，几乎连路径也记不清楚了，一切都显得非常生疏。是学校改了样子，也是我健忘的缘故吧。然而它所给我的新的印象仍是良好的，除了那富有诗意的荒凉的小池使我起了一点儿惋惜以外。

我们这一所学校，岂止是建筑方面跟着时代改变了，就连组织和课程也显得进步了。例如，我们那时是没有女学生和女教师的，现在早已开放了。从前需要的纸、笔是由一位教师代管的，现在有了消费合作社。从前的理化设备是极其简单的，现在也摆满了一间小小的房子。我们那时做的手工是些笔架和旱烟盒，现在陈列在那里的是飞机、轮船和汽车。我们学的音乐是简谱，现在换用了五线谱。那时学的是文言，现在学的是白话。我们那时不会做文章，学校里连壁报也没有，现在有了铅印的月刊和半月刊，而且连十一二岁的学生也写起文章和诗来了。

这一切给了我不少新的愉悦，愈使我回味到过去。

我是六岁上学的，进的自然是私塾。开笔的先生是位有名的举人的得意门生，好像是个秀才。他颇严厉，但对我不知怎的比较宽，很少骂我，也很少打我，只是睁着眼睛从眼镜边瞪着我，我因此反比别的同学更怕他。九岁以前我常常哭着赖学，逼得母亲把我一直拖过石桥。在那里挨到十三岁，见到别的孩子在学校里欢天喜地，自己也就有了转学的念头，时常对母亲提出要求来。第二年春天，我终于插进了一所颇出名的初级小学。不用说，第一次所进的学校给我的印象是相当好的，比起私塾来，它好太多了，然而它也使我相当害怕。教师是拿着藤条上课的，随时有落在身上的可能。犯了过错，起码是半点钟的面壁。上体操课时，站得不合规矩，便会被从后面直踢过来。幸亏我在这里的时候并不长久，过了半年，我拿着初级小学的文凭走了。

下半年，我就进了这个永不能使我忘记的高等小学。

校长徐先生是一位四十岁以内的中年人。他很谨慎朴素，老是穿着一件青布长衫和黑色马褂，不爱多说话，不大有笑脸，可也没有严厉的面色，他的房间里永久统治着静默和清洁，他走到哪里，静默就跟到哪里，而这静默不是可怕的恫吓、冷漠或严肃，它是亲切和尊敬。他不常处分学生，学生们有了什么纠纷，便把大家叫到他的房里，准许分辩，然后他给了几句短短的判断和开导的话，大家就静静地退出了。他比我们睡得迟，也比我们起得早。深夜和清晨，我们常常看见他的房子里透出灯光来，或者听到他的磨墨的声音。在七八个教师中间，他的字写得最好。他教我们这一班的国文，作文卷子改得非常仔细，有总批还有顶批。他做我们的校长是大家觉得荣幸的事情，而他教我们国文更是我们这一班觉得特别荣幸的。

"谁教你们国文哪？我们是徐先生教的！"我们这一班常常骄傲地对别一班的同学说。

我们不仅喜欢他，对于其余的教员也都相当喜欢。他从哪里聘来这许多使人满意的教员？真使我们惊异。一个教理化的教员，我现在已经忘记了他姓什么，他只有二十多岁，也不爱说话，一天到晚只看见他拿着仪器在试验。教动植物的唐先生年纪大了一点儿，说起话来又庄严又诙谐，他所采的动植物标本挂满了教室，也挂满了他的卧室。教手工兼音乐的金教员，不但做得一手极好的纸的、泥的、竹的小东西，还能做大的藤椅——听说后来竟开起藤器店来了——能比他的妻子绣出更美的花来，他能唱得很好的西洋歌和京戏，能弹风琴、吹箫笛、拉胡琴，是一个有名的天才。最后是我们特别喜欢的体育教员陈先生了。他有活泼健捷的姿态，又有坚强结实的身体。他教我们哑铃、棒球、各种柔软体操，又教我们背着沉重的木枪跪着放，卧着放。同时在课外，他又教我们少数人撑高、跳远和翻杠子。后者是他最拿手的技术，能用各种姿势在很高的铁杠上翻几十个圈子，然后突然倒跌了下来，单用脚面钩住杠子，然后一晃一摇，跳落在一丈多远的地上。

这几位教师，不但功课教得好，而且都和徐先生一样，不轻易处分我们。我们每个人都对他们亲切又尊敬，如同对徐先生一样。我们这一所学校是公立小学，经费最多，规模最大，学生最众，在附近百里内的乡间向来是首屈一指的。现在有了这许多好的教师，我们愈加觉得骄傲了。因此，我们有一次竟想给我们的学校争一个大面子，压倒那唯一出名的县立高等小学。

我们的足球练得最好：有横冲直撞如入无人之境的前锋，有头顶脚滚球不离身的左右卫，有一夫当关万夫莫敌的中卫，有拳打脚踢能跳能滚的守门员。邻近乡间的小学是从来不敢和我们比赛的，我们于是要求和城里的县立小学比赛。

徐先生允许我们去，但是他要我们这边的同学向那边的同学写信接洽。我们照着办了，然而许久得不

到回信。我们相信那边没有勇气和实力，愈加非和他们比赛一次压倒他们不可了。说是要到城里去，大家早已做了一套新衣服，买了一顶簇新的草帽，球也练厌了，不去是不愿意的。于是几个选定的球员便秘密地商量起来，主张硬逼那边和我们比赛。

"人去了，就不怕他们不理，不比赛也就是他们输了！"大家都是这样的想法。但这话在徐先生面前是行不通的，于是就有人想出一个办法来：写了一张明信片，由那边的一个学生具名，答复我们说准定某一个礼拜日和我们比赛。这一张明信片就托人带到城里去投邮。

过了两天，这一张假冒的明信片回来了，我们故意等到星期六的下午拿去给徐先生看，使他不及细细研究。徐先生果然立刻答应我们了。他不派人同我们去，因为这是学生和学生之间的游戏，不是用学校的名义发出的。我们中间的几个球员已经有十七八岁，而且常去城里，他也就放心得下，只叮嘱了一番小心。

这时正是快要放暑假的时候，天气特别热，我们都只穿着一件单衫。一出校门便一口气飞跑了五六里，但到岭下，我们走得特别慢了。原因是我们原定的连预备员在内一共十五个人，其中一个守门的健将这两天凑巧请假在家，我们得顺道派人去邀他。这个去的人是我们球队中的领导人，只有他知道那个同学的住处。他叫我们慢些走，他答应岔过一条小岭，一点钟后在岭的那边可以和我们相会。

　　然而他走后，天色渐渐变了，黑云慢慢腾了起来，雷声也响了起来。我们过了岭，一路等，一路慢慢地走，却不见他们来到。黑云已经掩住了太阳，雷声、电光挟着风来了。我们知道雷雨将到，便只好一口气赶到前面三里外的凉亭避一下雨。

　　我们相信他们会赶来，无论雨下得怎么大。然而第一阵雷雨过后许久，仍不见他们的影子，而同时天

色已经快黑了，似乎接着还有第二阵的雷雨，于是我们恐慌起来，便决计一直跑到城里再说。他们两个是年级最大、路径最熟的，况且这时不到，多半是不来了。

我们不息地飞跑了七八里，过江进城的时候天已黑了。我们在渡船上还淋着了一阵大雨，衣服湿漉漉的，一身的冷。

县立高等小学是什么样子，黑夜中，我们心慌意乱的，不曾看得清楚，只知道伟岸森严地站着一排无穷长的洋房。管门的是一个皮肤很黑的印度人。他奇异而又讥笑地咕噜着什么，把我们带进了会客室。我们告诉他要找几个学生，他却把校长请来了。

校长是一个矮小的老头儿，满脸通红，酒气扑人，慢悠悠地走进了会客室。

"怎么？你们这批人是哪里的学生？这个时候有什么事情啊？"他睁着眼睛从近视眼镜边轻蔑地望着我们，又转着头看我们的衣衫。

我们合礼地一齐站起来行了一个鞠躬礼，一个年长的同学便嗫嚅地说明了来意。

"胡说!"他生了气,拍着桌子,"要和你们比赛,没有得到我的允许,谁敢写信给你们?我一点儿不知道!今天礼拜六,学生全回家了。你们回去吧!谁叫你们来?出事了我可不负责任!"

我们给吓呆了,面面相觑,半晌说不出话来,又冷又饿又疲乏。

一个能干的同学说话了,他表示赛球的事情明天再说,今晚先让我们住一夜。

"要我招待吗?拿校长的信来看!本校从不招待私人的!"

我们中间有人哭了,也有人愤怒了。有几个人躺在椅上,跷起脚来,眨着眼,懒洋洋地说:"不招待就睡在这里!这学校是县立的,又不是你家!"

"什么话!你们这些学生!叫警察来!"他击着桌子,气得浑身摇摆起来了。

"嘘!"我们一致嘘着。

这时有两个教员进来了,他们似乎在窗外已听了一会儿，知道了底细，来解决事情的。

"小孩子不懂事，校长，不要动气，交给我们办吧，你去休息休息。"他们拖住了校长。

"喔——嗻——我从来没碰到过这些小鬼……喔——嗻——"他忽然倒在教员身上呕吐起来了，满屋都是酒气，随后被一个教员拖了出去。

"他吃醉了酒了，你们看，不要生气！"另一个教员微笑着说，"这里的学生真的回去了，一定要比球只好和中学部比了。明天再说吧，我先给你们安排睡的地方。"

于是我们跟着他到了寝室，说声多谢，关上门，全身脱得精光的，把湿衣服挂在窗口，钻进了被窝。我们的肚子本来很饿，现在既无饭吃也给气饱了。

半夜睡不熟觉，微微合了一会儿眼睛，东方才发白，便一齐起来，决定立刻就走。我们穿好衣服，开开门，一溜烟地走了。

过了江，天又下雨了，我们吃了一点儿饼子，恨不得立刻离开那可恶的学校所在的县城，冒雨飞跑着。雨越下越大，经过好几个凉亭，我们都不愿耽搁，一直到山脚下，我们的那两位同学却迎面来了。他们和我们一样，也没有带伞，淋了一身湿漉漉的。原来他们昨晚被家长缠住了，说是天晚了，要下雨，不肯放行。今早还是逃出来的。我们像见到了亲哥哥一样，得到了许多安慰。我们一边在大雨中缓慢地走着，一边讲着昨晚的事情。

二十几里路很快就给走完，到学校还只八点钟，我们怒气未消，便索性在泥泞的操场里踢了一阵球，把怨恨迸发完了，然后到河里洗了一个澡。

几天以后，这事情不知怎的给我们校长知道了，他忽然把我们十几个球员叫了去。

"你们比球的事情，我全知道了。"他很平静地说，一点儿没有生气，仿佛我们没有做错事情一样。"这样做法是不好的，无论是个人的品行，学校的名誉……以后再这样，我只好不干了……"他静默了一会儿，用亲切的眼光望着我们，随后继续说，"现在出去吧，好好反省……"

我们呆住了，大家红着脸，低着头说不出话来。虽然他已经命令我们走开，我们却依然站着，不敢动弹，仿佛被钉住了脚似的。我们犯了多大的过错，现在全明白了，羞耻而且懊悔。我们愿意被他一顿痛骂，或者听他记过扣分的处分，然而他也不再说什么了，只重复着说："现在出去吧，去好好反省……"

　　我们这才感动得含着眼泪，静静地从他的办公室里退了出来。

　　"以后再是这样，我只好不干了……"他这句话比石头还重地压在我们的心坎上，我们第一次感到了失望的恐怖。

　　不料过了半年，他果然不干了。听说是校董方面辞退他的，继任的是初小部一个老师，董事长的族里人。这个人最没学问，也最顽固，为我们平日所最看不起，也为我们所最讨厌的。他一天到晚含着一杆很长的旱烟管，睁着恶狠狠的眼睛，从眼镜边望人家，走起路来一颠一拐，据说是有什么病。他教初小四年级的国文，既讲得不清楚，又常常改出错字来，不许人家问他，问了他，火气直冲，要记过，要扣分，遇到他值周，大家就恨他。一举一动都要受他干涉，半夜里常常在我们的寝室外偷听。

现在他要做校长了，我们这一个学校的前途是可想而知的。几个好教员听到这消息，也表示下学期不来了。我们是一致反对未来的变动的，但我们年纪太轻了，不晓得怎样对付，请愿罢课的名字不曾听到过。我们只得大家私自相约，下学期如果真的换了那个老师做校长，我们也不再到这学校来了。

放了年假，那消息果然成了事实，高年级里有二十几个人自动地停了学。有些人到城里或别处，转学的转学，学商业的学商业。我母亲不让我离开乡下，既无高等小学可转，也无职业可学，只得让我歇了下来。那时我是高小二年级的学生，就此结束了我的学生生活。

时间过得这样迅速，一眨眼，二十年过去了。我所爱的教师和同学都和烟一样在这大大的世界上散开了，仿佛消失了。

回忆是愉快的，却也充满着苦味。二十年来，我所经历的、所看到的学校也够多了，却还没有一个学校值得我那样记忆。现在办学校的人仿佛聪明得多，管理的方法也进步多了，但丑恶面也比从前深刻起来。偶然在污秽的垃圾堆中发现一枝小小的蓓蕾，立刻就被新的垃圾盖了上去，这现象，太可悲了。唉……

雪

    美丽的雪花飞舞起来了。我已经有三年不曾见着它。

    去年在福建，仿佛比现在更迟一点，也曾见过雪。但那是远处山顶的积雪，可不是飞舞着的雪花。在平原上，它只是偶然随着雨点洒下来几颗。没有落到地面的时候，它的颜色是灰的，不是白色；它的重量像是雨点，并不会飞舞。一到地面，它立刻融成了水，没有痕迹，未尝跳跃，也未尝发出窸窣的声音，像江浙一带雪的模样。这样的雪，对四十年来第一次看见它的老年的福建人来说，也许能感到特别的意味，谈得津津有味。在我，却总觉得索然。"福建下过雪"，我可没有这样想过。

    我喜欢眼前飞舞着的上海的雪花。它才是"雪白"的白色，也才是花一样的美丽。它好像比空气还轻，并不从半空里落下来，而是被空气从地面卷起来的。然而它又像是活的生物，像夏天黄昏时候的成群的蚊蚋，像春天流蜜时期的蜜蜂，它忙碌地飞翔，或上或下，或快或慢，或黏着人身，或拥入窗隙，仿佛有它自己的意志和目的。它静默无声。但在它飞舞的时候，我们似乎听见了千百万人马的呼号和脚步声、大海的汹涌的波涛声、森林的狂吼声，有时又似乎听见了情人的窃窃的密语声、礼拜堂的平静的晚祷声、花园里的欢乐的鸟鸣声……它所带来的是阴沉与严寒。但在它飞舞的姿态中，我们看见了慈善的母亲，柔和的情人，活泼的孩子，微笑的花，温暖的太阳，静默的晚霞……它没有气息。但当它扑到我们面上的时候，我们似乎闻到了旷野间鲜洁的气息，山谷中幽雅的兰花的气息，花园里浓郁的玫瑰的气息，清淡的茉莉花的气息……在白天，它做出千百种婀娜的姿态；夜间，它发出银色的光辉，照耀着我们行路的人，又在我们的玻璃窗上札札地绘就了各式各样的花卉和树木，斜的、直的、弯的、倒的，还有那河流，那天上的云……

现在，美丽的雪花飞舞了。我喜欢，我已经有三年不曾见着它。我的喜欢有如四十年来第一次看见它的福建的老年人。但是，和福建的老年人一样，我回想着过去下雪时候的生活，现在的喜悦就像这钻进窗隙，落到我桌上的雪花似的，渐渐融化，而且立刻消失了。

记得某年在北京，在一个朋友的寓所里，我们围着火炉，煮着全中国最好的白菜和面，喝着酒，剥着花生，谈笑得几乎忘记了身在异乡；吃得满面通红，然后两个人一路唱着，一路踏着吱吱地叫着的雪，跟跄地从东长安街的起头踱到西长安街的尽头，又忘记了正是异乡最寒冷的时候。这样的生活，和今天一比，不禁使我感到惘然。上海的朋友们都像是工厂里的机器，忙碌得一刻没有休息；而在下雪的今天，他们又叫我一个人看守着永不会有人或有电话来访问的房子。这是多么孤单、寂寞、乏味的生活。

"没有意思！"我听见过去的我对今天的我这样说。正像我在福建的时候，对四十年来第一次看见雪的老年的福建人所说的一样。

　　但是，另一个我出现了。他是足以对在过去那北京的我射出骄傲的眼光来的我。这个我，某年在南京下雪的时候，曾经有过更快活的生活：雪落得很厚，盖住了一切的田野和道路。我和我的爱人在一片荒野中走着。我们辨别不出路径来，也并没有终止的目的。我们只让我们的脚喜欢怎样就怎样。我们的脚常常喜欢踏在最深的沟里。我们未尝感到这是旷野，这是下雪的时节。我们仿佛是在花园里，路是平坦的，而且是柔软的。我们未尝觉得寒冷，因为我们的心是热的。

　　"没有意思！"我听见在南京的我对在北京的我这样说。正像在北京的我对着今天的我所说的一样，也正像在福建的我对着四十年来第一次看见雪的老年的福建人所说的一样。

　　然而，我还有一个更骄傲的我在呢。这个我，是有过更快乐的生活的。在故乡，冬天的早晨，当我从被窝里伸出头来，感觉特别寒冷，隔着蚊帐望见天窗特别阴暗，我就知道外面下雪了。"雪落啦白洋洋，老虎拖娘娘……"这是我躺在被窝里反复唱着的欢迎雪的歌。其他早晨，是母亲和姐姐先起床，等她们煮熟了饭，拿了火炉来，替我烘暖了衣裤鞋袜，我才肯

钻出被窝。但是在下雪天，我有了最大的勇气。我不需要火炉，雪就是我的火炉。我把它捻成了团，捧着，丢着。我把它堆成了一个和尚。我把它当作糖，放在口里。地上的厚的积雪，是我的地毡，我在它上面打着滚，翻着筋斗。它在我的底下发出哧哧的笑声，我在它上面哈哈地回答着。我的心和它是合一的。我和它一样柔和，和它一样洁白。我同它到处跳跃，我同它到处飞跑着。我站在屋外，我愿意它把我造成一个雪和尚，我躺在地上愿意它像母亲似的在我身上盖下柔软的美丽的被子，我愿意随着它在空中飞舞，我愿意随着它落在人的肩上。我愿意雪就是我，我就是雪。我年轻，我有勇气，我有最宝贵的生命力，我不知道忧虑，不知道苦恼和悲哀……

"没有意思！你这老年人！"我听见幼年的我对着过去的那些我这样说了，正如过去的那些我骄傲地对别人所说的一样。

不错，一切的雪天的生活和幼年的雪天的生活一比，过去的和现在的喜悦就像这钻进窗隙，落到我桌上的雪花一样，渐渐融化，而且立刻消失了。

然而对着现在穿着一袭破单衣，站在屋角里发抖的或竟至于僵死在雪地上的穷人，则我在幼年时候那快乐的雪天生活的意义，又如何呢？这个他对着这个我，不也在说着"没有意思"的话吗？

而这个死有完肤的他，对着这时正在零度以下的长城下，捧着冻结了的机关枪，即将被炮弹打成雪片似的兵士，则其意义又将怎样呢？"没有意思"这句话，该是谁说呢？

天哪！我不能再想了。人间的欢乐无平衡，人间的苦恼亦无边限。世界无终极之点，人类亦无末日之时。我既生为今日的我，为什么要追求或留恋今日以外的我呢？今日的我虽说是寂寞地孤单地看守着永没有人或电话来访问的房子，但既可以安逸地躲在房子里烤着火，躲避风雪的寒冷，又可以隔着玻璃，诗人一般地静默地鉴赏着雪花飞舞的美的世界，不也是足以自满的吗？

抓住现实。只有现实是最宝贵的。

眼前雪花飞舞着的世界，就是最现实的现实。

看哪！美丽的雪花飞舞着呢。这就是我三年来相思着而不能见到的雪花。

清　明

晨光还没有从窗口爬进来，我已经钻出被窝坐着，推着熟睡的母亲了。

"迟啦，妈，锣声响啦！"

母亲便突然从梦中坐起，揉着睡眼，静默地倾听着。

"没有，天还没亮呢！"

"好像敲过去啦。"

于是母亲也就不再睡觉，急忙推开窗子，点着灯，煮早饭了。

"嘉溪上坟去啰！嘡嘡……五公祀上坟去啰！"待母亲将饭煮熟，第一次的锣声才真的响了，一路有人叫喊着，从桥头绕向东芭弄。

我打开门，在清明的晨光中，奔跑到埠头边。河边静悄悄的，不见一个人，船还没有来。

正吃早饭，第二次的锣声又响了，敲锣的人依然大声地喊着："嘉溪上坟去啰！喤喤……五公祀上坟去啰！"

我匆忙地吃了半碗饭，便推开碗筷，又跑了出去。这时河边显得忙碌了。三只大船已经靠在埠头，几个大人正在船中戽水，铺竹垫，摆椅凳。岸上围观着许多大人和小孩，含着紧张的神情。我呆木地站着，心在辘辘地跳动。

"慌什么呀？饭没有吃饱，怎么上山哪？快些回去，再吃一碗！"母亲从后面追上来了。

"老早吃饱啦！"

"半碗，怎么就饱啦！起码也得吃两碗！回去，回去！"

"吃饱啦就吃饱啦！谁骗你！"我不耐烦地说。

于是母亲喃喃地说着什么，走回家里去了。

埠头边的人愈聚愈多，一部分人看热闹，一部分人是去给祖先上坟的。有些人挑羹饭，有些人提纸钱，有些人探问何时出发。喧闹忙乱，仿佛平静的河水搅起了波浪。我静默地等着，心中却像河水似的荡漾着。

"加一件背心吧，冷了会生病的呀！"

我转过头去，母亲又来了，她已经给我拿了一件背心来。

"走起来热极啦！还要加背心做什么？拿回去吧！"我摇着头，回答说。

"老是不听话！"母亲喃喃地埋怨着，用力把我扯了过去，亲自给我穿上，扣好了扣子。

这时第三次的锣声响了。

"嘉溪上坟去啰！喤喤……五公祀上坟去啰！船要开啦……船要开啦……"

岸上的人纷纷走到船上，我也就跳上了船头。

"什么要紧哪！"母亲又叫着说了，"船头坐不得的！船舱里去！听见吗？"

我只得跳到船头与船舱的中间，坐在插纤竿的旁边。

但是母亲仍不放心，她又在叫喊了："坐到船底上去，再进去一点儿！那里会给纤竿打下河去的呀！"

　　"不会的！愁什么！"我不快活地瞪着眼睛说。

　　"真不听话！阿成叔，烦你照顾照顾这孩子吧！"她对着坐在我身边的阿成叔说。

　　"那自然，你放心好啦！你回去吧！"

　　但是母亲仍不放心，站在河边要等着船开走。

　　这时三只大船里都已坐满了人，放满了东西。还不时有人上下，船在微微地左右倾侧着。

　　"天会落雨呢！"

　　"不会的！"

　　"我已带了雨伞。"

　　"我连木屐也带上了。"

　　船上忽然有些人这样说了起来。我抬头望着天上，天色略带一点儿阴沉，云在空中缓慢地移动着，远远的东边映照着山后的阳光。

　　"开船啦！开船啦！喤喤……"这是最后一次的锣声了，敲锣的接着走上我们这只最后开的船，摇船的开始解缆了。

我往岸上望去，母亲已经不在岸上，不知什么时候走的。我因喜欢坐在船头，这时便扶着船边，从人丛中向前挤了两三步。

"不要动！不要动！会掉下水里去的！"阿成叔叫着，但他已经迟了。

"好吧，好吧！以后可再不要动啦！"摇船的把船撑开岸，叫着说。

"你这孩子好大胆，再不要动啦！"我身边一个祖公辈的责备似的说，"你看，你妈又来了。"

我把眼光转到岸上，母亲果然又来了。她左手夹着一柄纸伞，摇着右手，叫着摇船的人，慌急地移动着脚步，一颠一簸，好像立刻要栽倒似的追扑了过来。

"船慢点儿开！阿连叔，还有一把伞给小孩！"

但这时船已驶到河的中心，在岸上拉纤的已经弯着背跑了，船已咽咽咽地破浪前进了。

"算啦，算啦！不会下雨的！"摇船的阿连叔一面用力扳着橹，一面大声地回答着。

母亲着慌了，她愈加急促地沿着船行的方向奔跑起来，一路摇着手，叫着："要落雨的呀！拉纤的是谁？慢点儿走哇！"

我在船上望见她跟跄得快跌倒了，着了急，忽然站了起来，用力踢着船沿。船突然倾侧几下，满船的人慌了，大家这才齐声地大喊，阻住了拉纤的人。

"交给我吧，到了桥边会递给他的。"一个拉纤的跑回去，向母亲接了伞，显出不快活的神情。

这时母亲已跑到和船相并的地方站住了。我看见她一脸通红，额上像滴着汗珠，喘着气。

"真是多事，哪里会落雨？落了雨又有什么要紧！"我暗暗地埋怨着，又大声叫着："回去吧，妈！"

"回去啦！回去啦！"船上的人也叫着，都显出不高兴的神情。

船又开着走了。母亲还站在那里望着，一直到船转了弯。

两岸的绿草渐渐多了起来，岸上的屋子渐渐少了。河水平静而且碧绿，只在船头下咽咽地响着，在船的两边翻起了轻快的分水波浪。船朝着拉纤的方向倾侧着。一根直的竹做的纤竿这时已成了弓形，不时发出咯咯的声音，顶上拴着的纤绳时时颤动着，一松一紧地拖住了岸上三个将要前扑的人的背，摇橹的人侧着橹推着、扳着，船尾发出噼啪的声音。有些地方大树挡住了纤路，或者船在十字河口须转方向，拉纤的人便收了纤绳，跳到船上，摇橹的人开始用船尾的大橹拨动着水，船像摇篮似的左右荡漾着慢慢前进。

一湾又一湾，一村又一村，嘉溪山渐渐近了，船最先走过狮子似的山外的小山，随后从山峡中驶了进去。这里的河面反而特别宽了，水流急了起来，浅滩中露着一堆堆的沙石。我们的船一直驶到河道的尽头，船头冲上了沙滩，船上的人全上岸了。我和几个十几岁的同伴早已在船上脱了鞋袜，卷起了裤脚，不走山路，却从清凉沁人的溪水里走向山上去，一面叫着、跳着，像是笼里逃出来的小鸟。

祖先的坟墓是在山的上部，那里生满了松树和柏

树。我们几个孩子先在树林中跑了几个圈子，听见爆竹和锣声，才到坟前拜了一拜，拿了一支竹签，好带回家里去换点心。随后跑向松树林中，爬上松树去采松花，装满了衣袋，兜满了前襟。听见爆竹和锣声一直奔下山坡，到庄家那里去吃午饭，这时肚子特别饿了，跑到庄前就远远地闻到了午饭的香气。我平常最爱吃的是毛笋烤咸菜，这时桌上最多的正是这一样菜，便站在长桌旁，挤在大人们的身边，吃了起来。饭虽然粗硬，菜虽然冷，我却觉得特别有味，一连吃了三大碗饭。筷子一丢，又往附近跑去了。隆重的热闹的扫墓典礼，我只到坟边学样地拜了一拜，我的目的是游玩。但也并不知道游玩，只觉得自由快乐，到处乱跑着。

回家的锣声又响时，果然落雨了。它像雾一样，细细地袭了过来。我夹着雨伞，并不使用，披着一身细雨，踏着溪流，欢乐地回到了泊船的河滩上。

清明节就这样过完了。它于我来说，是一个最欢乐的节日。

钓鱼——故乡随笔

秋天早已来了，故乡的气候却还在夏天里。

那些特殊的渔夫，便是最好的例证。

那是一些十岁以上、十六岁以下的男孩女孩，和十六岁以上的青年，以及四五十岁的将近老年的男子。他们像埋伏的哨兵似的，从村前到村后，占据着两边弯弯曲曲的河岸。孩子们五六成群地多在埠头上蹲着、坐着，或者伏着，把头伸在水面上，窥着水中石缝间的鱼虾。他们的钓竿是粗糙的、短小的、用细小的黄铜丝做的小钩，小钩上穿着黑色的小蚯蚓，用鸡毛做浮子，用细线穿着。河虾是他们唯一的目标。有时他们的头相碰了，钓线和钓线相缠了，这个的脚踢翻了那个的虾盆，便互相詈骂起来，厮打起来。青年们三三两两地或站在河滩的浅处，或坐在水车尽头上，或蹲在船边，一面望着水面的浮子，一面时高时低地笑语着。他们的钓竿是柔软的、细长的，一节一节青黑相间，显得特别美丽。他们用鹅毛做浮子，用丝线穿着，用针做成钩子。钩上穿着红色的大蚯蚓。鲫鱼是他们的目标。老年人多是单独地占据一处，坐在极小的板凳上，支着纸伞或布伞，静默得像打瞌睡似的望着水面的浮子。他们的钓竿和青年们的一样，但很少像青年们的那样美丽。他们的目标也是鲫鱼。在这三种人之外，有时还有几个中年男子，背着粗大的钓竿，每节用黄铜丝包扎着，发着闪耀的光，用粗大的弦线穿着一大串长而且粗的浮子，把弦线卷在洋纱车筒上，把车筒钉在钓竿的根上，钩子是两枚或三枚的大铁钩，用染黑的铜丝紧扎着，不用食饵。他们像巡逻兵似的，在河岸上慢慢地走着，注意着水面。哪里起了泡沫，他们便把钩子轻轻地坠下去，等待鱼的误触。鲤鱼是他们的目标。

说他们是渔夫，实际上却全不是。真正的渔夫是有着许多更有保证的方法去捕捉鱼虾的。现在这群渔夫——大人们不过是因为闲散，青年们和孩子们是因为浓厚的兴趣罢了。有些人甚至不爱吃这些东西，钓上了，就把它们养在水缸里。

我从前就是这样的一个"渔夫"。我不但不爱吃鱼，连闻到有些鱼的气息也要作呕，河虾也只能勉强尝两三只。我小时却是一个有名的善钓鱼虾的孩子。

我们的老屋在这村庄的中央，一边是桥，桥的两头是街道，正是最热闹的地方。河水由南而北，在我们老屋的东边经过。这里的河岸都用乱石堆嵌出来，石洞最多，河虾也最多。每年一到夏天，河水渐渐浅了、清了，从岸上可以透彻地看到近处的河底。早晨的太阳从东边射过来，石洞口的虾便开始活泼地爬行。伏在岸上往下望，连一根一根的虾须也清晰得看得见。

这时和其他的孩子一样，我也开始忙碌了。从柴堆里选了一根最直的小竹竿，砍去了旁枝和丫杈，在煤油灯上把弯曲的竹节炙直了，拴上一截线。从屋角找出鸡毛来，扯去了管旁的细毛，把鸡毛管剪成几分长的五截，穿在线上，加上小小的锡块，用铜丝捻成小钩，钓竿就成功了。然后在水缸旁阴湿的泥地，掘出许多黑色的小蚯蚓，用竹管或破碗装了，拿着一只小水桶，就到墙外的河岸去。

"又要忙啦！钓来了给谁吃呀？"母亲每次总是这样地说。

但我早已笑嘻嘻地跑出了大门。

把钩子沉在岸边的水里，让虾自己来上钩，是很慢的，我不爱这样。我爱伏在岸上，把钓竿放下，不看浮子，单提着线，对着一个一个的石洞口，上下左右地牵动那穿着蚯蚓的钩子。这样，洞内洞外的虾立刻就被引来了。它颇聪明，并不立刻就把穿着蚯蚓的钩子往嘴里送，它只是先用大钳拨动着，做一次试验。倘若这时浮子在水面，会现出微微的抖动，把线提起来，它便立刻放松了。但我只把线微微地牵动，引起它舍不得的欲望，它反用大钳钩紧了，扯到嘴边去。但这时它也还并不往嘴里送，似在做第二次试验，把钩子一推一拉地动着，于是浮子在水面，便跟着一上一下地浮沉起来。我只再把线牵得紧一点儿，它这才把钩子拉得紧紧的往嘴里送了。然而倘若凭着浮子的浮沉，是常常会脱钩的。有些聪明的虾常常不把钩子的尖头放进嘴里，它们只咬着钩子的弯角处。见到这种吃法的虾，我便把线搓动着，一紧一松地牵扯，使钩尖正对着它的嘴巴。看见它仿佛吞进去了，但也还不能立刻提起线来，有时须把线轻轻地牵到它的反面，让钩子扎住它的嘴角，然后用力一提，它才嘶嘶嘶地弹着水，到了岸上。

把钩子从虾嘴里拿出来，把虾养在小水桶里，取一条新鲜的小蚯蚓，放在左手心上，轻轻地用右手拍两下，拍死了，便把旧的去掉，换上新的，放进水里，第二只虾又很快地上钩了。同一个石洞里，常常住着好几只虾，洞外又有许多游击队似的虾爬行着：腹上满贮着虾子的老实的雌虾，全身长着绿苔的凶狠的老虾，清洁透明的活泼的小虾。它们都一一地上了我的钩，进了我的小水桶。

"你这孩子真会钓，得了这许多!"大人们望了一望我的小水桶，都这样称赞说。

到了中午，我的小水桶里已经装满了。

"看你怎样吃得了。"母亲又欢喜又埋怨地说。

她给我在饭锅里蒸了五六只，但我照例只勉强吃了一半，有时甚至咬了半只就停筷了。

到了第二天早晨，水桶里的虾呆的呆了，白的白了，很少能够养得活。母亲只好把它们煮熟了，送给隔壁的人家吃。因为她和我姐姐是比我更不爱吃的。

"你只是给人家钓，还要我赔柴、赔盐、赔油葱！"她老是这样埋怨我，"算了吧，大热天，坐在房子里不好吗？你看你面孔，你头颈，全晒黑啦！"

但我早已拿着钓竿、蚯蚓，提着小水桶，悄悄地走到河边去了。

夏天一到，没有什么比这更快乐的。空水桶出去，满水桶回来，一只大的，一只小的，一只雌的，一只雄的，嘶嘶嘶弹着水从河里提上来，上下左右叠着堆着。

直至秋天来到，天气转凉了，河水涨了。虾躲进石洞里，不大出来，我也就把钓竿藏了起来。这时母亲却恶狠狠地把我的钓竿折成了两三段，当柴烧了。

"还留到明年吗？一年比一年大啦，明年还要钓虾吗？明年再钓虾不给你读书啦，把你送给渔翁，一生捕鱼过活。"

我默默地不作声，惋惜地望着灶火中毕剥地响着的断钓竿。

待下一年的夏天到时，我的新钓竿又做成了：比上年的长，比上年的直，比上年的美丽，钓来的虾也比上年的多。母亲老是说着照样的话，老是把虾煮熟了送给人家吃。

十六岁那一年，我的钓竿突然比我身体高了好几尺。我要开始钓鱼了。

两个和我最要好的同族的哥哥，一个叫作阿成哥，一个叫作阿华哥，替我做成了钓鱼竿。竹竿、浮子、钩子、锡块，全是他们的东西，我只拿了母亲一根丝线。做这钓竿的工厂就在阿华哥的家里，母亲全不知道。直至一切都做好了，我才背着那节青黑相间的又粗长又柔软的钓竿，笑嘻嘻地走到家里来。

"妈……"我高兴地提高声音叫着，不说别的话。

我把背在肩上的钓竿竖起来，预备放下的时候，竿梢触着了顶上的天花板，发出窸窸窣窣的声音。我觉得自己仿佛长大了许多，亲手触着了天花板似的。

这时母亲从厨房里走出来了。她惊讶地呆了许久，像喜欢又像生气地瞪着眼望了望我的钓竿，又望了望我的全身。

过了一会儿，她的脸色渐渐沉下，显得忧郁的样子，叹了一口气，说："咳！十六岁啦，看你长得多么高啦，还不学好！难道一生真的靠钓鱼过活吗?"她哽咽起来，默然走进了厨房。

我给她吓了一跳，轻轻把钓竿放下，呆了半天，不敢到厨房里去见她。过了许久，我独自走到楼上读书去了。

但钓竿就在脚下，只隔着一层楼板，它仿佛在时刻推我的脚底，使我不能安静。

第二天早饭后，趁着母亲在厨房里收拾碗筷，我终于暗地里背着我的可爱的钓竿出去了。

阿华哥正拿着锄头到邻近的屋边掘蚯蚓，我便跟了去，他分给我几条。我又从他那里拿了一点儿糠灰，用水拌湿了，走到河边，用钓竿比一比远近，试一试河水的深浅，把一团糠灰丢了下去。看着它慢慢沉下去，一路融散，我在河边做了一个记号，把钓竿放在阿华哥家里，又悄悄地跑回自己的家里。

母亲似乎并没注意到钓竿已经不在家里了，但问我到哪里去跑了一趟。我用别的话支吾了过去，便到楼上大声地读了一会儿书。

过了一刻钟，估计着丢糠灰的地方，一定集合了许多鱼，我又悄悄地下了楼，溜了出去，到阿华哥家里背了我的钓竿来。

这时丢过糠灰的河中，果然聚集了许多鱼。从水面的泡沫，可以看得出来。它们继续不断地这里一个，那里一个，亮晶晶的珠子似的滚到水面。单独的是鲫鱼，有着流动的成群的大泡沫的是鲤鱼，有着固定成群的细泡沫的是甲鱼。

我把大蚯蚓拍死，穿在钩子上，卷开线，往那水泡最多的地方丢了下去，然后一手提着钓竿，静静地站在岸上注视着浮子的动静。

水面平静得和镜子一样，七粒浮子有三粒沉在水中，连极细微的颤动也看得见。离开河边几尺远，虾和小鱼是不去的。红色的蚯蚓不是鲤鱼和甲鱼所爱吃的，爱吃的只有鲫鱼。它的吃法，可以从浮子上看出来：最先，浮子轻微地有节拍地抖了几下，这是它的试验，钓竿不能动，一动，它就走了；随后水面上的浮子，一粒或半粒，沉了下去，又浮了上来，反复几次，这是它把钩子吸进嘴边又吐了出来，钓竿仍不能动，一动，尚未深入的钩子就从它的嘴边溜脱了；最后，水面的浮子，两三粒一起突然往下沉了下去，又即刻一起浮了上来，这是它完全把钩子吞了进去，拖着往上跑的时候，可以迅速地把竿子提起来；倘若慢了一刻，等本来沉在水下的三粒浮子也送上水面，它就已吃去了蚯蚓，脱了钩了。

我知道这一切，眼快手快，第一次不到十分钟就钓上了一条相当大的鲫鱼。但到底因为初试，用力猛了一点儿，使钩上的鱼跟着钓线绕了一个极大的圆圈，倘不是立刻往后跳了几步，让鱼又落到水面，可就脱了钩了。然而它虽然没有落在水面，却已啪地撞

在石路上，给打了个半死半活。

于是我欢喜地高举着钓竿，往家里走去。鱼仍在钓钩上，柔软的竿尖一松一紧地颤动着，仿佛蜻蜓点水一样。

"妈！大鱼来啦！大鱼来啦！"我大声地叫着进门。

走到檐口，抬起头来，原来母亲已经站在我右边的后方，惊讶地望着我。她这静默的态度，又使我吃了一惊，一场欢喜给她打散了一大半。我便也不敢作声，呆呆地立住了。

"果然又去钓鱼啦。"过了一会儿，她埋怨说，"要是大鲤鱼上了钩，把你拖下河里去怎么办呢？"

"那不会！拖它不上来，丢掉钓竿就是！"我立刻打断她的话，回答说。我知道她对这事并不严厉，便索性拿了一只小水桶，又跑出去了。

到了吃中饭的时候，我提了满满一桶鱼回家。下午换了一个地方，又是一满桶。

"我可不给你杀，我从来不杀生的。"母亲说。

然而我并不爱吃，鲫鱼是带着很重的河泥气的，比海鱼还难闻。我把活的养在水缸里，半死的或已死的送给了邻居。

日子多了，母亲觉得惋惜，有时便请别人来杀，叫姐姐来烤，强迫我吃，放在我的面前，说："自己钓上来的鱼，应该格外好吃的，也该尝一尝。要不然，我把你的钓竿折断当柴烧啦！"

于是我便不得不忍住了鼻息，钳起几根鱼边的葱来，胡乱地拨碎了鱼身。待第二顿，我索性把鱼碗推开了。它的气味实在令人作呕。母亲不吃，姐姐也不吃，终于又送了人。

然而我是快活的，我的兴趣全在钓的时候。

十八岁那年春天，我离开家乡了。一连五六年，不曾钓过鱼，也不曾见过鱼。我把我大部分的年月消耗在干燥的沙漠似的北方。

二十四岁回到故乡，正在夏天里，河岸的两边满是一班生疏的新渔夫。我的心突突地跳着，想做一根新的钓竿去参加，终于没有勇气。父亲、母亲和周围的环境支配着我，像告诉我说，我现在成了一个大人了，而且是一个斯文的先生，上等的人物，是不能和孩子们、"粗人"们一道的。只有我的十二岁的妹妹，她现在继承着我，成了一个有名的钓虾的人物，我跟着她去，远远地站着，穿着文绉绉的长衫，仿佛在监视着她，怕她滚下河去似的，望了一会儿，但也不敢久了，便匆遽地回到屋里。

直至夏天将尽，我才有了重温旧梦的机会。

那时我的姐姐带了两个孩子，搬到了离我们老屋五里外的一个地方，我到那里去做了七八天的客人。

她的隔壁是我的一个堂叔的家。我小的时候，这个堂叔是住在我们老屋隔壁的，和我最亲热，和我父亲最要好。他比我大了十二三岁，据说我小的时候，就是他抱大的。我只记得我十一二岁的时候，还时常爬到他的身上骑呀背呀地玩。七八年前，因为要在婶婶的娘家那边街上开店，他便搬了家。姐姐所以搬到那边去，也就是因为有他们在那里住着，可以照顾。

这时叔叔已经没有开店了，在种田，有了两个孩子。他是没有一点儿祖遗的产业的人，开店又亏了本。生活的重担使他弯了一点儿背，脸上起了一些皱纹，他的皮肤被太阳晒成了棕红色，完全不像六七年前的样子了。只有他温和的笑脸，还依然和从前一样，见到我总是照样地非常亲热。他使我忘记了我已是二十几岁的大人，对他又发出孩子气来。

他屋前有一簇竹林，不大也不小，几乎根根都可以做钓鱼竿。二十几步外是一条东西横贯的河道。因为河的这边人口比较稀少，河的那边是旷野，往西五六里便是大山，所以这里显得很僻静，埠头上很少人洗衣服，河岸上很少行人，河道中也很少船只。我觉得这里是最适宜我钓鱼了，便开始对叔叔露出欲望来。

"这一根竹子可以做钓鱼竿，叔叔！"我随意指着一根说。

叔叔笑了，他立刻知道了我的意思，摇一摇头，说："这根太粗啦。你要钓鱼，我给你拣一根最好的——你从前不是很喜欢钓鱼吗？现在没事，不妨消遣消遣。"

我立刻快乐了。我告诉他，我真的想钓鱼，在外面住了这许多年，是看不见故乡这种河道的。随后我就想亲自走到竹林里去，选择一根好的。

但他立刻阻止我了："那里有刺，你不要进去，我给你砍吧。"

于是他拿了一把菜刀进去。拣出来的正是一根细长、柔软合宜的竹竿。随后鹅毛、钩子、锡块，他全给我到街上买了来。糠灰，丝线，是他家里有的。现在只差蚯蚓了。

"我自己去掘。"我说。

"你找不到，"他说，拿了锄头，"这里只有放粪缸的附近有那种蚯蚓，我看见别人掘到过，那里太脏啦，你不要去，还是我给你去掘吧。"

他说着走了，一定要我在屋内等他。

直至一切都预备齐，我欣喜地背上新的钓竿，预备出发的时候，他又在我手中抢去了小水桶和蚯蚓碗，陪着我到了河边。随后他回去了，一会儿拿了一条小凳来。

"坐着吧，腿要站酸的哩。"

"好吧，叔叔，你去做你的事，等一会儿吃我钓上来的鱼。"

但他去了一会儿又来了，拿着一顶伞。

"太阳要把人晒黑的，撑着伞好些。"他说着给我撑了开来。

"我叫你婶婶把锅子洗干净了，等你的鱼，我有事去啦。"他这才真的到他的田头去了。

五六年不见，我和我的叔叔都变了样了，但我们的两颗心都没有变，甚至比以前还亲热，面前的河道虽然换了场面，河水却更清澈平静。许久不曾钓鱼了，我的技术也还没有忘却，而且现在更知道享受故乡的田园乐趣。一根草，一叶浮萍，一个小水泡，一撮细小的波浪，甚至水中的影子极微地颤动，我都看出了美丽，感到了无限的愉悦。我几乎忘记了我是在钓鱼。

一连三天，我只钓上了七八条鱼。大家说我忘记了，我真的忘记了。

"总是看着山水出神，他不是五六年不见这种河道了吗?"叔叔给我推想说。

　　只有他最知道我。

　　然而我们不能长聚，几天后我不但离别了他，并且离别了故乡。

　　又过三年回来，我不能再看见我的叔叔。他在一年前吐血死了，显然是负担过重之故。

　　从那一次到现在，十多年了，为了生活的重担，我长年在外面奔波着，中间也只回到故乡三次，多是稍住一两星期，便又走了。只有今年，有了久住的机会。但已像战斗场中负伤的兵士似的，尝遍了太多的苦味，有了老人的思想，对一切都感到空虚，见着叔叔的两个十几岁孩子，和自己的六岁孩子，夹杂在河边许多特殊的渔夫的中间，伏着蹲着，钓虾钓鱼，熙熙攘攘，虽然也偶然感兴趣，走过去踱了一会儿，但已没有从前那样耐心，可以一天到晚在街头或河边待着。

　　我也已经没有欲望再在河边提着钓竿。我今日也只偶然地感到兴奋，咀嚼着过去的滋味。

狗

"我们的学校明天放假，爱罗先珂君请你明晨八时到他那里，一同往西山去玩。"一位和爱罗先珂君同住的朋友来告诉我说。

"好极了，好极了！"我欢喜得跳了起来，两只手如鼓槌似的乱敲着桌子。

同房的两位朋友见我那种样子，哈哈大笑。

住在北京城里，只是整天地吃灰、吃沙，纵使有鲜花一般的灵魂的人也得憔悴了。

到马路上，不用说，大风起时，院子内一畚箕一畚箕扫不尽的黄沙也不算稀奇。可是没有什么风时，关着门，房内、桌上的灰也会渐渐地厚起来，这又怎么说呢？

北京城里有几条河，都如沟一样大，而且臭不堪闻。有几个池，多关在皇宫里，我不知他们为什么叫那些池为"海"，或许想聊以自慰罢。所谓后海，现在已种了东西。

北京城里也有几个小山，但是都被锁在皇宫里。

这样苦恼的地方，竟将漂流的我留了四五年，我若是不曾见过江南的风景倒也罢了，却偏偏又是生长在江南。

许多朋友都羡慕我，说我在北京读了这许久书，却不知道我肚里吃饱了灰。

西山离城三十余里，是一座有名的山，到过北京的人，大概都要去游几次。只有我这倒霉的人，一听人家谈起西山就红了脸。

来去的费用原花不了多少，然而"钱"大哥不听我的命令，实在也是无可奈何的事情。

扑满①虽曾买过几次，但总不出半月就碎了。

---

① 扑满：我国古代人民储钱的一种盛具，类似于现代人使用的储蓄罐。

从高柜子上换得的几千钱，也屡屡不能在衣袋中过夜。

不幸，我住在北京四五年，竟不曾去过一次。这次爱罗先珂君邀我一道去游这里的名山，我还不欢喜吗？

和爱罗先珂君同住的朋友走后，我就急忙预备我的东西。从洗衣房里取回了一身衬衣，从抽斗角里找出了一本久已弃置的抄写簿，削尖了一支短短的铅笔，从朋友处借来了一只金黄色的热水瓶。

晚饭只吃了一碗，因为我希望黑夜早点儿来。

约莫八点钟，我就不耐烦地躺在床上等候睡神了。

"时间"是我们少年人的仇敌。越望它慢一点儿来，好让我们少长一根胡髭，它却越来得迅速，比闪电还迅速；越希望它快一点儿来，好让我们早接一个甜蜜的吻，它却越来得迟缓，比骆驼还迟缓。

"天亮了吗？天亮了吗？"我时时睡眼蒙眬地问，然而仔细一看，只是窗外的星和挂在墙上的热水瓶的光。

"亮了！亮了！"窗外的雀叫了起来。我穿了衣，下了床，东方才发白，不敢惊动同房的朋友，只轻轻地开了门走到院中。

天空浅灰色，西北角上浮着几颗失光的星。隔墙的柳条静静地飘荡着，一切都还在甜睡中，只有三五只小雀唱着悦耳的晨歌，打破了沉寂。我静静地站着，吸着新鲜的空气，脑中充满了无限的希望，浑身沐在欢乐之中了。天空渐渐变成淡白的——白的——浅红的——红的——玫瑰的颜色。雀的歌声渐渐高了起来，各处都和奏着。巷外的车声和脚步声渐渐繁杂起来。一会儿，柳梢上首先吻到了一线金色的曙光，和奏中加入了鹊的清脆的歌声。巷内的人家都砰砰地开了门，我的旅馆的茶房也咳嗽着开了大门。我回到房中，那两位朋友还呼呼地酣睡着。开了窗子，在桌旁坐下，看着他们沉醉似的微笑的脸，我暗暗地想道："西山也有如梦一般的甜蜜吗？"

一会儿，茶房送了洗脸水来。我洗过脸，挂上热水瓶，带了簿子和铅笔要走了。回过头去一看，那两位朋友依然呼呼地酣睡着，看着他们沉醉似的微笑的脸，我对他们低低地吟道："静静地睡着吧，亲爱的朋友们。梦中如有可爱的人，就不必回来了。"

太阳已将世界照得灿烂，微风摇曳着地上的柳影，我慢慢地踏了过去。

在路旁的小店里，我买了几个烧饼，一面咬着，一面含糊地唱着歌，仰着头呆看那天上的彩云，脚步极其缓慢地移动着。今天出门早，早到爱罗先珂君处也要等待，所以走得特别慢。

然而事实并不这样，这极长极长的路，不知不觉地一会儿就走完了。

爱罗先珂君仍和平日一样赤着脚躺在床上和一个朋友谈话。他热烈地握着我的手，问我为什么来得这样早，我说我的灵魂还要早呢，它昨夜已到了西山了。他微微一笑，将我的手紧紧地捏了一捏。

我们三人吃了一点儿饼干，谈了一会儿，陆续来了几位朋友。要动身时凑巧又来了一个日本的记者，

069

我们谈论许久，说是爱罗先珂君将离开中国，要照个相。照相后，我们方才动身。去的人一共十二个，除爱罗先珂君外，其中有一个日本人、四个中国人，其余都是朝鲜人。我们随身带去一点儿橘子、糕饼等物。

出了西直门，我们分两路走。坐洋车的往大路，骑驴子的往小路。我和爱罗先珂君都喜欢骑驴子。

那时正是植树节，又逢晴天，我们曲曲折折地在田间小路上走，享受不尽春日的野景。有些人唱着日本歌，有些人唱着世界语歌，有些人唱着中国歌。我的驴子比谁的都快，只要我"嘚……"一喝，拉紧缰绳，它就飞也似的往前疾驰。只是别的驴子多不肯跟着上来，它们都走得很慢，使我屡次不耐烦地在前面等。有一次我的驴子在路旁等它们，让它们往前走，不知怎的，忽然那些驴子都疾驰起来。我很奇怪，将自己的驴子跟在别的一匹驴子后一试，也多是这样。后来我仔细一看，原来我的驴子要咬别的驴子的屁股，别的怕了起来，所以疾驰了。于是我发明了一种方法，等大家鞭不快驴子时，我就挽转缰绳跑了回去，跟在后面。这样一来，大家骑的驴就都走得快了。

"为什么它们不怕鞭子，只怕你呀？"爱罗先珂君惊异地问我。

"因为我的驴子是雄的……"我回答。

大家都笑了。

西山原不很远，我们出城门时早已望见，但是仿佛有谁妒忌我们似的，任我们走得如何快，他只是将西山暗暗地往远处移去。我很焦急，爱罗先珂君也时时问我远近。确实的里数我不知道，我便问驴夫。

离山不远时，路上的石子渐渐多了起来，最后满路上都是。那些灰白色的石子重重地堆盖着，高高低低，不曾砌入泥中，与普通的石子路完全不同。驴子的脚踏下去，石子就往四面移动。在这一条路上，真是"英雄无用武之地"，我的驴子虽是"千里之材"，也不能在这里施展，一不小心，就是颠蹶。大家只好叹一口气，无可奈何地慢慢走。驴蹄落在石子上，发出嘎嘎的声音。我觉得我是坐在骆驼上。

这时离山已很近，山上青苍的丛林、孤野的茅亭、黄色的寺院，以及山脚下的屋子都渐渐在我们眼前清楚起来。喜悦从我的心底涌了上来，我时时喊着："到了！到了！"爱罗先珂君的眉毛飞舞着，他似乎比我还欢喜。大家望着山景，手指着东，指着西，谈那风景。

我仿佛得了胜利似的，在他们的前面走。

忽然，一阵低低的呜咽声激动了我的耳鼓。我朝前一看，有一个衣服褴褛的妇人坐在路的右边哭泣。她的头发蓬乱，脸色又黑又黄，消瘦得很，四十余岁。她坐在路外斜地上，下面是一条一丈许深的干了的沟。她拉着草坐着，似要倒下去一般。哭泣声很低微，无力似的低微。

"游览的地方，都有这种乞丐。"我略略一想，就昂着头过去了。

"先生！先生！"爱罗先珂君在后面喝了起来。

我仍然往前走着，只回过头来问他什么。

"什么人在路旁哭哇，王先生？"他说着已经走过了那妇人的面前。

"是一个妇人。"我说。

"她为什么哭着？什么样的人呢?"

"或许是要钱罢，穷人。"我说着仍昂然地往前走。

爱罗先珂君是在我后面的第四个人，他的前面是一个朝鲜人。他用日本话问那朝鲜人，朝鲜人也用日本话回答他，似乎在将那妇人的模样描写给他听。

"王先生！你为什么不下去问问她呀?"爱罗先珂君愤然地问我。这时我离那妇人已经很远了。

我没有回答。我觉得这没有问的必要。在游览的地方，我曾看见过许多没有手和脚的乞丐，他们都是用这种方法讨钱的。

"你为什么不下去问问她呢，王先生？你为什么不给她一点儿钱呢?"爱罗先珂君接连地问我。

乞丐不来扯我的驴子，我却下去问她？平日乞丐扯着我的车子跟了来，我总是摇一摇头。多跟了一程，我就圆睁着眼，暴怒似的大声地说："没有！"向

来不肯说"滚"，这已是很慈悲的了，今天却要我下去问她？——但是我想不出一句话回答爱罗先珂君。

我一摸口袋，袋中有六七元的铜子票。爱罗先珂君出来时共带了十二三元，在路上都换了铜子票，一半交给了坐车去的，一半交给了我，我这时想依从爱罗先珂君的意思回转去给她一点儿钱，但回头一看，我和她已距离得很远，便仍往前走了。

爱罗先珂君知道我没有什么话可以回答，很愤怒地在后面和朝鲜的朋友谈着。

我听见那愤怒的声音，渐渐不安起来。我知道自己错了。

到了山脚下，我们都下了驴子。我握着爱罗先珂君的右手，那位朝鲜的朋友握着他的左手，在宽阔的山路上走。

"你为什么不下去问她呢，王先生？"他依然愤怒地问我，皱了眉毛。

我浑身不安起来，脸上火一般地发烧，依然没有话可以回答，只低下了头。

"在我们那里，"他愤怒着继续说，"谁见这种不幸的人时，谁就将她扶回去。在这里，你经过她面前，却如对待一只狗似的安然走了过去！"

狗，我才是一只狗！我从良心里看见了我所做的事情，我承认他所说的是对的，我才是一只狗！我恨不得立刻钻入地下！

我如落在油锅中，被沸滚的油煎着。我羞耻，我恨不得立刻死了！

西山有如何好玩，我不知道。在山间，我们曾喝过溪水，但是在水中，我照见了我自己是一只狗；在岩石上我曾躺了一会儿，但是我觉得我那种躺着的样子与狗完全一样；在山上吃蛋时，我曾和爱罗先珂君敲尖，赌过胜负；在半山里，我们曾猜过石子；但是我同时又觉得自己不配和他、和其余的人玩耍。

的确，我经过她面前时，我是如对待一只狗似的安然走了过去！

…………

食味杂记

　　如其他的宁波人一般，我们家里每当十一二月间也要做一石左右米的点心，磨几斗糯米的汤果。所谓点心，就是有些地方的年糕，不过在我们那里还包括形式略异的薄饼、厚饼、元宝等等。汤果则和汤团（有些地方叫作元宵）完全是一类的东西，所差的是汤果只如钮子那样大小，而且没有馅。点心和汤果做成后，我们几乎天天要煮着当饭吃。我们一家人都非常喜欢这两种东西，正如其他的宁波人一般。

　　母亲、姐姐、妹妹和我都喜欢吃咸的东西。我们总是用菜煮点心和汤果，但父亲的口味恰和我们相反，他喜欢吃甜的东西。我们每年盼望父亲回家过年，只是要煮点心和汤果吃时，父亲若在家里便有点儿为难了。父亲吃咸的东西正如我们吃甜的东西一般，一样地咽不下去。我们两方面都难以迁就。母亲是最要省钱的，到了这时也只有甜的和咸的各煮一锅。照普遍的宁波人的俗例，正月初一必须吃一天甜汤果，因此欢天喜地的元旦（1949年以前将正月初一称为元旦）在我们是一个磨难的日子，我们常常私自谈起，都有点儿怪祖宗不该创下这种规例。腻滑滑的甜汤果，我们勉强又勉强地还吃不下一碗，父亲却能吃三四碗。我们对于父亲的嗜好都觉得奇怪、神秘。"甜的东西是没有一点儿味的。"我每每对父亲说。

二十几年来，我不仅不喜欢吃甜的东西，而且看见甜的（糖却是例外）还害怕，乃至于厌憎。去年珊妹给我的信中有一句"蜜饯一般甜的……"竟忽然引起了我的趣味，觉得甜的滋味中还有令人魂飞的诗意，不能不去探索一下。因此遇到甜的东西，每每捐除了成见，也带着几分好奇心去尝试。直到现在，我的舌头仿佛和以前不同了。它并不觉得甜的没有味，当甜的和咸的东西在面前时，它都要吃一点儿。"甜的东西是没有一点儿味的"这句话我现在不说了。

从前在家里，梅还没有成熟的时候，母亲是不许我去买来吃的，因为太酸了。明买不能，偷买还做得到。我非常爱吃酸的东西，我觉得梅熟了反而没有味，梅的美味即在未成熟的时候。故乡的杨梅甜中带酸，在果类中算最美味的，我每每吃得牙齿不能吃饭，大概就是因为吃酸的果品吃惯了。近几年来，在吃饭的时候，总是想把任何菜浸在醋中吃。有一年在南京，我几乎每餐要一两碗醋。不仅浸菜吃，竟还会喝着下饭。朋友们都有点儿惊骇，他们觉得这是一种古怪的嗜好，仿佛背后有神的力一般。但这在我是再平常也没有的事情了。醋是一种美味的东西，绝不是使人害怕的东西，在我觉得。

许多人以为浙江人都不会吃辣椒，这不对。据我所知，三江一带的地方，出辣椒的很多，会吃辣椒的人也很多。至于宁波，确是不大容易得到辣椒，宁波人除了少数在外地久住的外，差不多都不会吃辣椒。辣椒在我们那边的乡间只是一种玩赏品。人家多把它种在小小的花盆里，和鸡冠花、满堂红之类排列在一处，欣赏辣椒由青色变成红色。那里的种类很少，大一点儿的非常不易得到，普通多是一种圆形的像钮子般大小的所谓钮子辣茄（宁波人喊辣椒为辣茄），但这一种也并不多见。我年幼时不晓得辣椒是可以吃的东西，只晓得它很辣，除了玩赏之外还可以欺侮新娘子或新女婿。谁家的花轿进了门，常常便有许多孩子拿了羊尾巴或辣椒伸手到轿内去，往新娘子的嘴上抹。新女婿第一次到岳家时，年轻的男女常常串通了厨子，暗地里在他的饭内拌一点儿辣椒，看他辣得皱上眉头，张着口，嘘嘘地响着，大家就哄然笑了起来。我自在北方吃惯了辣椒，去年回到家里要买一点儿吃吃，便感到非常苦恼。好容易从城里买了一篮（据说城里有辣椒出卖还是最近几年的事），味道却如青菜一般，一点儿也不辣。邻居听说我能吃辣椒，都当作新闻。平常一提到我，总要连带地提到辣椒。他们似乎把我当作一个外地人看待。他们看见我吃辣椒，便要发笑。

南方人到北方来最怕的是北方人口中的大蒜臭，然而这臭在北方人看来是一种极可爱的香气。南方人闻了要吐，北方人闻了大概比人丹还能提神。我以前在北京好几处看见有人在吃茶时从衣袋里摸出一包生大蒜头，也同别人一样奇怪，觉得害怕。但后来吃了几次，觉得这味道实在比辣椒好得多，吃了大蒜以后，还有一种后味和香气久久地留在口中。今年端午节吃粽子，甚至用它拌着吃了。"大蒜是臭的"这句话，从此离开了我的嘴巴。

宁波人腌菜和湖南人不同。湖南人多是把菜晒干了切碎，装入坛里，用草和篾片塞住了坛口，把坛倒竖在一只盛少许清水的小缸里。这样，空气不易进

去，坛中的菜放一年两年也不易腐烂，只要你常常调换小缸里的清水。宁波人腌菜多是把菜洗净，塞入坛内，撒上盐，倒入水，让它浸着。这样的做法，在一个礼拜至两个月中咸菜的味道确是极其鲜嫩，但日子久了，它就要慢慢地腐烂，腐烂得臭不堪闻，以至于坛中拥浮着无数的虫。宁波人到了这时不但不肯弃掉，反而比才腌的更喜欢吃了。有许多乡下人家的陈咸菜一直吃到新咸菜可吃时还有。这原因除了节钱之外，还有一个是为的越臭越好吃。还有一种为宁波人所最喜欢吃的是所谓的"臭苋菜股"。这是用苋菜的干腌菜似的做成的，它的腐烂比咸菜容易，其臭气也比咸菜来得厉害。他们常常把这种已臭的汤倒一点儿到未臭的咸菜里去，使这未臭的咸菜也赶快地臭起来。有时煮什么菜，他们也加上一两碗臭汤。有的人闻到了邻居的臭汤气，心里就非常神往，若是在谁家讨得了一碗，便千谢万谢，如得到了宝贝一般。我在北方住久了，不常吃鱼，去年回到家里一闻到鱼的腥气就要呕吐，唯几年没有吃臭咸菜和臭苋菜股，见了还一如从前那么喜欢。在我看来这臭气中分明有比芝兰还香的气息，有比肥肉鲜鱼还美的味道。然而在和外省人的谈话中偶尔提及时，他们就要掩鼻而走了，仿佛这臭食物不是人类所该吃的一般。

我们的太平洋

倘若我问你："你喜欢西湖吗？"你一定回答："是的，我非常喜欢。"

但是，倘若我问你："你喜欢后湖吗？"你一定摇摇头说："哪里比得上西湖。"或者，你竟露着奇异的眼光，反问我："哪一个后湖？"

哦，我所说的是南京的后湖，它又叫玄武湖。

倘若你以前到过南京，你一定知道这个又叫作玄武湖的后湖。倘若你近来住在南京或到过南京，你一定知道它又改了名字了。它现在叫作五洲公园了，是不是？

但是，说你喜欢，我不能够代你确定地答复，如果说你喜欢后湖比喜欢西湖更甚，那我简直想也不敢这样想了，自然，你一定更喜欢西湖的。

然而，我自己和你相反。我更喜欢后湖。你要用西湖的山水名胜来和我所喜欢的后湖比较，你是徒然的，我是不注意这些的。我可以给你满意的答复："后湖并不像西湖那样秀丽。"而且我还敢保证地对你说："你更喜欢西湖，是完全对的。"但我这样的说法，并不取消我自己的喜欢。我自己，还是更喜欢后湖的。

　　后湖的一边有一座紫金山，你一定知道。它很高。它没有生产什么树木。它只是一座裸秃的山，一座没有春夏的山。没有什么山洞，也没有什么蹊径。它这里的云雾没有西湖的那么神秘奇妙，不能引起你的甜美的幻梦。它能给你的常是寂寞与悲凉，浩歌与哀悼。但是，这样也就很好了，我觉得。它虽没有西湖的秀丽，但它有它的雄壮。

　　后湖的又一边有一座城墙，你也一定知道。这是西湖所没有的。游人在这一点上来比较，有点儿像西湖的苏堤。但是它没有妩媚的红桃绿柳的映衬，它是一座废堞残垣的古城。它不能给青年男女黄金一般的迷梦。你到了那里，就好像热情之神 Apollon 到了雅典的卫城上，发觉了潜伏在幸福背后的悲哀。我觉得这样更好，它能使你味澈到人生的真谛。

但是我喜欢后湖，还不在这里。我对它的喜欢的开始，不是在最近，那已是十年以前的事了。

十年以前，我曾在南京住了将近半年。如同我喜欢吃多量的醋——你可不要取笑我——拌干丝一样，我几乎是天天到后湖去的。我很少独自去，常有很多的同伴。有时，一只船容不下，便分开在两只船里。

第一个使我喜欢后湖的原因，是在同伴。他们都和我一样年轻，活泼得有点儿类于疯狂的放荡。大家还不曾肩上生活的重担，只知道快乐。一位广东朋友和我虽然已经负上了人的生活的担子，有点儿忧郁，但是实际上还是非常轻微，它像是浮云一样，最容易被微风吹开。这几个有着十足的天真的青年凑在一起，有说有笑，有叫有唱，常常到后湖去，于是后湖便被我喜欢上了。

第二个原因是在船。它是一种平常的、朴素的小渔船，没有修饰，老老实实地破着，漏着。船中偶然放着一两个乡人用的小竹椅或破板凳，我们须分坐在船头和船栏上。没有篷，使我们容易接受阳光或风雨，船里有了四支桨、一支篙。船夫并不拘束我们，不需要他时，他可以留岸上。我是从小在故乡的河里，瞒着母亲弄惯了船的，我当然非常高兴拿着一支桨坐在船尾，替代了船夫。船既由我们自己弄，于是要纵要横，要搁浅要抛锚，要靠岸要随风飘荡，一切都可以随便了。这样，船既朴素得可爱，又玩得自由，后湖便更被我喜欢了。

第三个原因是湖中的荽儿菜与荷花。当它们最茂盛的时候，很多地方几乎只有一线狭窄的船路。船从中间驶了去，沙沙地挤动着两边的枝叶，闻到清鲜的香气，时时受到叶上的水滴的袭击。它们高高地遮住了我们的视线，迷住了我们的方向，柳暗花明地常常觉得前面是绝径了，又豁然开朗地展开一条路来。当它们枯萎到水面、水下的时候，我们的船常常遇到搁浅，经过一番努力，又荡漾在无阻碍的所在。有时，

四五个人合着力，故意往搁浅的所在驶去，你撑篙，我扯草根，想探出一条路来。我们的精力正是最充足的时候，我们并不惋惜几小时的徒然的探险。这样，湖中有了荭儿菜与荷花，使我们趣味横生，我自然愈加喜欢后湖了。

第四个原因是后湖的水闸。靠了船，爬到城墙根，水闸的上面有一个可怕的阴暗的深洞。从另一条路走到水闸边，看见了迸发的瀑布。我们在这里大声

唱了起来，宛如音乐家对着海的洪涛练习喉音一样。洁白的瀑布诱惑着我们脱鞋袜，走去受洗礼，随后还逼我们到湖中游泳，倘若天气暖热的话。在这里，我们的精力完全随着喜欢消耗尽了。这又是我更喜欢后湖的一个原因。

第五，是最后而又最大的使我喜欢后湖的原因。那就是，我们的太平洋。太平洋，被我们发现在后湖里。这是被我们中间的一个同伴，一个诗人兼哲学家的同伴首先发现，所提议而加衔的。它的区域就在离开水闸不远处起，到对面的洲的末尾的近处止。这里是一个最宽广的所在，也是湖水最深的所在。后湖里几乎到处都有茭儿菜、荷花或水草，只有这里是一年

四季汪洋一片。这里的太阳显得特别强烈，风也显得特别大。显然的，这里的气候也俨然不同了。我们中间没有一个人反对这"太平洋"的

新名字。我们都的确觉得到了真正的太平洋了。梦啊！我们已经占据了半个地球了！我们已经很疲乏，我们现在要在太平洋里休息了。任你把我们漂到地球的哪一角去吧，太平洋上的风！我们丢了桨，躺在船上，仰望着空间的浮云，不复注意到时间的流动。我们把脚拖在太平洋里，听着默默的波声，呼吸着最清新的空气。我们暂时地静默了。我们已经和大自然融合在一起，还有什么比太平洋更可爱、更伟大呢？而我们是，每次在那里漂漾着，在那里梦想着未来，在那里观望着宇宙的幻变，在那里倾听着地球的转动，在那里消磨它幸福的青春。我们完全占有太平洋了……

够了，我不再说洲上的樱桃，也不再说翻船的朋友那些事是怎样怎样有趣，我只举出了上面五点。你说西湖比后湖好，你可能说后湖所有的这几点，西湖也有？尤其是，我们的太平洋？

或者你要说，几十年以前，西湖的船，西湖的水草，西湖的水，都和我说的相仿佛，和我所喜欢的后湖一样朴素，一样自然。但是，我告诉你，我没有亲自看见过。当我离开南京两年后，当我再看见西湖的时候，西湖已经是被粉饰得华丽得不像一个小姑娘似的西子了。

"就是后湖，也已经大大地改变，不像你所说的十年前的可爱了。"你一定会这样说，是不是？

那是我承认的。几年前我已经看见它改变了许多。

后湖的船已经变得十分华丽，水闸已经不通，马路已经展开在洲上。它的名字也已经换作五洲公园了。

尤其是，我的同伴已经散失了：我们中间最有天才的画家已经睡在地下，诗人兼哲学家流落在极远的边疆，拖木屐的朋友在南海入了赘，那位广东朋友和在后湖里栽跟斗的莽汉等等都已不晓得行踪和存亡了。我呢，在生活的重担下磨炼着，已经将要老了。倘若我的年轻时代的同伴能再集合起来，我相信每个人的额上已经刻下了很深的创痕，而天真和快乐也一定不复存在了。

然而，只要我活着，即使我们的太平洋被填成了大陆，甚至整个的后湖变成了大陆，我还是喜欢后湖。因为我活着的时候，我不会忘记我们的太平洋。

你说你更喜欢西湖。

我说我更喜欢后湖。

你喜欢你的西湖，我喜欢我的后湖就是。

你说西湖最好。

我说后湖最好。

你说你的，我说我的。

天下事，原来喜欢的都是好的，从没有好的都使人喜欢。

你说是吗？

旅人的心

或是因为年幼善忘，或是因为不常见面，我在最初几年中对父亲的感情怎样，一点儿也记不起来了。至于父亲那时对我的爱，从母亲的话里就可知道。母亲近来显然在深深地纪念父亲，又加上年纪老了，所以一见到她的小孙儿吃牛奶，就对我说了又说："正是这牌子，有一只老鹰，你从前奶水不够吃，也吃的这牛奶。你父亲真舍得，不晓得给你吃了多少，有一次竟带了一打来，用木箱子装着。那比现在贵得多了，他的收入又比你现在的少……"

不用说，父亲是从我出世后就深爱着我的。

但是我自己所能记住的我对于父亲的感情，是从六七岁起。

父亲向来是出远门的。他每年只回家一次，每次约在家里住一个月，时间多在年底年初。每次回来总带了许多东西：肥皂、蜡烛、洋火、布匹、花生、豆油、粉干……都够一年的吃用。此外还有专门给我的帽子、衣料、玩具、纸笔、书籍……

我平日最喜欢和姐姐吵架，什么事情都不能安静，常常挨了母亲的打，也还不肯屈服。但是父亲一进门，我就完全改变了，安静得仿佛天上的神到了我们家里，我的心里充满了畏惧，但又不像对神似的慑于他的权威，是在畏惧中间藏着无限的喜悦，而这喜悦中间又藏着说不出的亲切。我现在不再叫喊，甚至不大说话了；我不再跳跑，甚至连走路的脚步也十分轻了；什么事情该我做的，用不着母亲说，就自己去做好；什么事情该我对姐姐退让的，也全退让了。我简直换了一个人，连自己也觉得：聪明，诚实，和气，勤力。

父亲从来不对我说半句埋怨话，他有着洪亮而温和的音调。他的态度是庄重的，但脸上没有威严，全是和气。他每餐都喝一定分量的酒。他的皮肤的血色本来很好，喝了一点儿酒，脸上就显出一种可亲的红光。他爱讲故事给我听，尤其是喝酒的时候，常常因此把一顿饭延长一两个钟点。他所讲的多是他亲身的阅历，没有一个故事里不含着诚实、忠厚、勇敢、耐劳。他学过拳术，偶尔也打拳给我看，但他接着就讲打拳的故事给我听：学会了这一套不可露锋芒，只能在万不得已时用来保护自己。父亲虽然不是医生，但因为祖父是业医的，遗有许多医书，他一生就专门研究医学。他抄了许多方子，配了许多药，赠送人家，常常叫我帮他的忙。因此我们的墙上贴满了方子，衣柜里和抽屉里满是大大小小的药瓶。

一年一度，父亲一回来，我仿佛新生了一样，得到了学好的机会：有事可做也有学问可求。

然而这时间是短促的。将近一个月他慢慢开始整理他的行装，一样一样地和母亲商议着别后一年内的计划了。

到了远行的那夜，一时前，他先起了床，一面打扎着被包箱夹，一面要母亲去预备早饭。二时后，吃过早饭，就有划船老大在墙外叫喊起来，是父亲离家的时候了。

父亲和平日一样，满脸笑容。他确信他这一年的事业将比往年更好。母亲和姐姐虽然眼眶里贮着惜别的眼泪，但因为这是一个吉日，终于勉强地把眼泪忍住了。只有我大声啼哭着，牵着父亲的衣襟，跟到了大门外的埠头上。

父亲把我交给母亲，在灯笼的光中仔细地走下石级，上了船，船就静静地离开了岸。

"进去吧，我很快就回来的，好孩子。"父亲从船里伸出头来说。

船上的灯笼熄了，白茫茫的水面上只显出一个移动着的黑影。几分钟后，它迅速地消失在几步外的桥的后面。一阵关闭船篷声，接着便是渐远渐低的咕呀咕呀的桨声。

"进去吧，还在夜里呀。"过了一会儿，母亲说着，带了我和姐姐转了身，"很快就回来了，听不见吗？留在家里，谁去赚钱呢？"

其实我并没想把父亲留在家里，我每次是只想跟父亲一道出门的。

父亲离家老是在黑夜，又冷又黑。想起来这旅途很觉可怕。那样的夜里，岸上是没有行人也没有声音的，倘使有什么发现，那就十分之九是可怕的鬼怪或野兽。尤其是在河里，常常起着风，到处都潜着吃人的水鬼。一路所经过的两岸大部分极其荒凉，这里一个坟墓，那里一个棺材，连白天也少有行人。

但父亲平静地走了，露着微笑。他不畏惧，也不感伤，他常说男子汉要胆大量宽，而男子汉的眼泪和珍珠一样宝贵。

一年一年过去着，我渐渐大了，想和父亲一道出门的念头也跟着深起来，甚至对于夜间的旅行起了好奇和羡慕。到了十四五岁，乡间的生活完全过厌了，倘不是父亲时常寄小说书给我，我说不定会背着母亲私自出门远行的。

十七岁那年的春天，我终于达成了我的志愿。父亲是往江北去，他送我到上海。那时姐姐已出了嫁，生了孩子，母亲身边只留着一个五岁的妹妹。她这次终于遏抑不住情感，离别前几天就不时滴下眼泪来，到得那天夜里，她伤心地哭了。

但我没有被她的眼泪所感动。我很久以前听到我可以出远门，就在焦急地等待着那日子。那一夜我几乎没有合眼，心里充满了说不出的快乐。我满脸笑容，跟着父亲在暗淡的灯笼光中走出了大门。我没注意母亲站在岸上对我的叮嘱，一进船舱，就像脱离了火坑一样。

"竟有这样的硬心肠，我哭着，他笑着！"

这是母亲后来常提起的话。我当时欢喜什么，我不知道。我只觉得心里十分轻松，对着未来，有着模糊的憧憬，仿佛一切都将是快乐的，光明的。

"牛上轭了！"

别人常在我出门前就这样说，像是讥笑我，像是怜悯我。但我不以为意。我觉得那所谓轭是人所应当负担的。我勇敢地挺了一挺胸部，仿佛乐意用两肩承受了那负担，而且觉得从此才成为一个"人"了。

夜是美的。黑暗与沉寂的美。从缝隙里望出去，我看见一幅黑布蒙在天上，这里那里镶着亮晶晶的珍珠。两岸上缓慢地往后移动的高大的坟墓仿佛是保护我们的炮垒，平躺着的草扎的和砖盖的棺木就成了我们的埋伏的卫兵。树枝上的鸟巢里不时发出喊喊的拍翅声和细碎的鸟语，像在庆祝着我们的远行。河面一片白茫茫的光微微波动着，船像在柔软轻漾的绸子上滑了过去。船头下低低地响着淙淙的波声，接着是咕呀咕呀的前桨声和有节奏的喊嚓喊嚓的后桨拨水声。清冽的水的气息、重浊的泥土的气息和复杂的草木的气息在河面上混合成了一种特殊的亲切的香气。

我们的船弯弯曲曲地前进着，过了一桥又一桥。父亲不时告诉着我，这是什么桥，现在到了什么地方。我静默地坐着，听见前桨暂时停下来，一股寒气和黑影袭进舱里，知道又过了一个桥。

一小时以后，天色渐渐转白了，岸上的景物开始露出明显的轮廓来，船舱里映进了一点儿亮光，稍稍推开篷，可以望见天边的黑云慢慢地变成了灰白色，浮在薄亮的空中。前面的山峰隐约地走了出来，然后像一层一层地脱下衣衫似的，按次地露出了山腰和山麓。

"东方发白了。"父亲喃喃地念着。

白光像凝定了一会儿，接着就迅速地揭开了夜幕，到处都明亮起来。现在连岸上的细小的枝叶也清晰了。星光暗淡着，稀疏着，消失着。白云增多了，东边天上的渐渐变成了紫色，红色。天空变成了蓝色。山是青的，这里那里弥漫着乳白色的烟云。

我们的船驶进了山峡里，两边全是繁密的松柏、竹林和一些不知名的常青树。河水渐渐清浅，两边露出石子滩来。前后左右都驶着从各处来的船只。不久船靠了岸，我们完成了第一段的旅程。

当我踏上埠头的时候，我发现太阳已在我的背后。这约莫两小时的行进，仿佛我已经赶过了太阳，心里暗暗地充满了快乐。

完全是个美丽的早晨。东边山头上的天空全红了，紫红的云像是被小孩用毛笔乱涂的一样，无意地

成了巨大的天使的翅膀。山顶上一团浓云的中间露出了一个血红的可爱的紧合着的嘴唇，像在等待着谁去接吻。两边的最高峰上已经涂上了明亮的光辉。平原上这里、那里升腾着白色的炊烟，像雾一样。埠头上忙碌着男女旅客，成群地往山坡上走去。挑夫，轿夫，喝着道，追赶着，跟随着，显得格外地紧张。

就在这热闹中，我跟在父亲的后面走上了山坡，第一次远离故乡，跋涉山水，去探问另一个憧憬着的世界，勇敢地肩起了"人"所应负的担子。我的血在飞腾着，我的心是平静的，平静中满含着欢乐。我坚定地相信我将有一个光明的伟大的未来。

但是暴风雨卷着我的旅程，我愈走愈远离了家乡。没有好的消息给母亲，也没有如母亲所期待的三年后回到家乡。一直过了七八年，我才负着沉重的心，第一次重踏到生长我的土地。那时虽走着出门时的原来路线，但山两边的两条长的水路已经改驶了汽船，过岭时换了洋车。叮叮叮叮的铃子和呜呜的汽笛声激荡着旅人的心。

到了最近，路线完全改变了。山岭已给铲平，离我们村庄不远的地方，开了一条极长的汽车路。她把我们旅行的时间从夜里二时出发改成了午后二时。然而旅人的心愈加乱了，没有一刻不是强烈地震动着。父亲出门时是多么安静、舒缓、快乐、有希望。他有十年、二十年的计划，有安定的终身的职业。而我呢？紊乱、匆忙、忧郁、失望，今天管不着明天，没有一种安定的生活。

实际上，父亲一生是劳碌的，他独自负荷着家庭的重任，远离家乡一直到他七十岁为止。去世的前几年，他虽然得到了休息，但还依然刻苦地帮着母亲治理杂务。然而，他一生是快乐的。尽管天灾烧去了他亲手支起的小屋，尽管我这个做儿子的时时在毁损着他的遗产，他也难免起了一点儿忧郁，但他的心一直到临死的时候为止，仍是十分平静的。他相信自己，也相信他的儿子。

我呢？我连自己也不能相信。我的心没有一刻能够平静。

父亲死后两年，深秋的一个夜里，二时我出发到同一方向的山边去，船同样地在柔软轻漾的绸子似的水面滑着，黑色的天空同样镶着珍珠似的明星，但我的心里充满了烦恼、忧郁、凄凉、悲哀，和第一次跟着父亲出远门时的我仿佛是两个人了。

原来我这一次是去掘开父亲给自己造的坟墓，把他永久地安葬。

孩子的马车

　　为了工作的关系，我带着家眷从故乡迁到上海来住了。收入是微薄的，我决定离开热闹的区域，在较远的所在租下了两间房子。照着过去的习惯，这里是依然被称为乡下的，但我很满意，觉得比那被称为上海的热闹区域还好。这里有火车，有汽车，交通颇方便。这里有田野，有树木，空气很新鲜，这里的房租相当便宜，合于我的经济情形。最后则是这里的邻居多和我一样穷困，不至于对我射出轻蔑的眼光来。

　　于是我住下了，很安心地，而且一星期之后，甚至还发现了几个特点，几乎想永久地住下去了：第一是清静，合宜于我的工作；其次是朴素，合宜于我的孩子们的教养；再次是前后左右的邻居大部分是书店的编辑或学校的教员，颇可做做朋友的。

但是过了不久我不能安静地工作了。

"爸爸！爸爸！"我的两个孩子一天到晚地叫着，扯我的衣服，推我的椅子，爬到我的桌子上来，抢我的纸笔，扰乱我的工作。

为的什么呢？

"去买一个汽车来，红红的！像金生的那样！"

这真是天晓得，我哪里去弄这许多钱？房租要付，衣服要做，饭要吃，每天还愁着支持不下来，却斜刺里来了这一个要求。

"金生是谁呀？"

"六号的小朋友！"他们已经交结下朋友了，"红红的！两个人好坐的，有玻璃，有喇叭——嘟……"

这就够了，我知道那样的车子是非三十几元钱不可的。

"去问妈妈，我没有钱。"我说。

他们去了，但又立刻跑了回来，叫着说："'问爸爸呀！'妈妈说的！"

我摇了一摇头："我没有钱。"

于是他们哭了，蹬着脚，挥着手，扭着身子，整个房子被震动得像要塌下来了似的。

"好，好，等我拿到钱去买呀！现在不准闹。"我终于把他们遏制住了。

但这也只是暂时的。第二天，他们又闹了，第三天又闹了，一直闹了下去，用眼泪，用叫号，仿佛永不会完结似的。

"唉，七岁了还这么不懂事，"妻对着大的孩子说，"你比妹妹大了两岁，应该知道哇！买这样贵的玩具的钱，可以给你做许多漂亮的衣服呢！"

"那你买一个脚踏车给我，像八号的！"大的孩子回答说，他算是让步了。

"好的，好的，等爸爸有了钱，是吗?"妻说，对我丢了一个眼色。

我点了点头。

但这也是不可能的。像八号的孩子那样的脚踏车，就要八九元，而且是一个人坐的，买就得买两只。这希望，只好叫他们无限期地等待下去了。夏天已经来到，蚊子嗡嗡地叫了起来，帐子还没有做。我身上的夹衣有点儿不能耐了，两件半新的单衫还寄在人家的屋子里。今天有人来收米账，明天有人来收煤账。偶然预支到一点儿薪水，没有留过夜，就分配完了。生活的重担紧紧地压迫着我，使我透不过气来。我终于发气了，有一天，当他们又来扰乱我的工作的时候。

"滚开！"我愤怒地说着，忘记了他们是孩子，"不会偷，不会盗，又不会像人家似的向资本家讨好，我到哪里去弄这许多钱来呀？"

孩子们害怕了，这次一点儿也不敢哭，睁着惊惧的眼睛，偷偷地溜了出去。

他们有好几天不曾来扰乱我的工作。尤其是大的孩子，一看见我就远远地躲了开去，一天到晚低着头，没有走出门外去。我起初很满意自己的举动，觉得意外地发现了管束孩子的方法，随后却渐渐看出了我的大孩子不但对我冷淡，对什么人都冷淡了，他变得很沉默，脸上没有一点儿笑容。他的眼睛里含着失望的忧郁的光，常常一个人在屋角里坐着，翕动着嘴唇，仿佛在自言自语。

"为了一辆车子呀，"有一天，妻对我说，"这几天来变了样子，闷闷的，昨夜还听见他说梦话，问你要一辆车呢！"

我的心立刻沉下了，想不到一个小小的孩子对于自己的欲望就有着这样的固执。真的，他这几天来不但胃口坏得很，连脸色也变黄了，显然消瘦了许多，额上、颈上和手腕上都露出青筋来。这样下去是可怕的，我这个做父亲的须实现他的愿望了，无论怎样困难。

"好了，好了，爸爸就给你去买来，好孩子，"我于是安慰着孩子说，"但可只有一个，和妹妹分着骑，你是哥哥不能和她争夺的，听话吗？"

他的眼中立刻射出闪烁的光来，满脸都是笑容，他的妹妹也欢喜得跳跃了。

"听话的！我让妹妹先骑！"大的孩子叫着说。

于是我戴上帽子，预备走了，但妻止住了我：
"你做什么要哄骗孩子呢？回来没有车子，不是更使
他们失望吗？你袋里不是只有两元钱了，哪里够买一
辆车子呀？"

"我自有办法，"我说着走了，"一定会给他们买
来的。"

我从报上知道有一家公司正在降价，说是有一种
车子只要一元几毛钱。那么我的孩子可以得到一
辆了。

那是一种小小的马车，有着木做的马头，但没有
马的身子。坐人的地方是圈椅的形式，漆得红红的，
也颇美丽，轮子是铁的，也有薄薄的橡皮围着。

"是牺牲品呢！"公司里的人说，"从前差不多要
卖四元，现在只有两辆了。"

我检查了一遍，尚无什么损坏，便立刻付了一元
七毛半的代价，提着走了。

来去的时间相当长，下午二时出门，到家里已是
黄昏时候。两个孩子正在弄堂外站着，据说是从我出

门不到半点钟就在那里等候着的。

　　"啊，车子！啊！车子！"他们远远地就这样叫着，迎了上来，到我身边后，一个抱住马头，一个扳住圈椅，便像要把它拆成两截一样。

　　"这车子，比人家的怎么样啊？"我按住了他们的手，问着。

　　"比人家的好！比人家的好！这是辆马车，好看，好看！"两个孩子一致地回答，欢喜得像要把它吞下

去似的。

　　"可不能争夺，一个一个轮着骑，听见了吗？"

　　"听见的。"

　　"谁先骑？"

　　"妹妹先骑吧。"大孩子说着放了

手，但又像舍不得似的，热情地亲切地摸一摸那马头上的鬃毛，然后才怅惘地红着脸退了开去。

我不能知道他是怎样克服他自己的，我只看见他的眼睛里亮晶晶地闪动着泪珠。他的心显然在强烈地跳跃着。

我发现这辆车子够好了，它很轻快，没有那汽车的呆笨，而且给大孩子骑不会太小，给小孩子骑不会太大。他们很快就练习得纯熟了。

"嗬！嗬！"他们一面这样喊着，像是骑在真的马上一样。

这是我的大孩子记起来的，他到过北方，看见过许多马车和骡车。现在他居然成了沙漠上的旅行者了，而且他还很得意，说是六号的小汽车不如这马车。

"我的是汽车呀！嘟……"六号的孩子说。

"我的是马车！嗬……"

"是匹死马呀！"

"是个假汽车哩！"

116

"看谁跑得快！"

"比赛——一，二，三！"

我看见马车跑赢了，汽车到底是呆笨的，铁塔铁塔，既会响又吃力，不像马车的轻捷，尤其是转弯抹角，非跳出车子外，把它拖着走不可，尤其是跳进跳出，只能像绅士似的慢慢地来，不然就钩住了衣服，钩住了裤子。

我和妻都非常喜悦。我们以前总以为穷人的孩子是没有享受幸福的命运的。

"早晓得这样，早就给他们买了。"我喃喃地说。

我从此可以安静地工作了，孩子们再也不来扰乱，他们一天到晚在外面玩那车子，甚至连饭也忘记吃，没有心思吃了。

然而这样幸福的时间却继续得并不久。不到十天，那辆小小的马车完结了。

我听见孩子在弄堂里尖厉的哭号的声音，跑出去看时，这辆马车已经倒在地上。它的头可怜地弯曲着，睁着损伤的眼睛，仿佛在那里流眼泪，它的一个

铁轮子折断了，不胜痛苦似的屈服着。大孩子刚从地上爬起来，手背流着血。

"是他呀！他呀！"我的五岁的小孩叫着说，用手指指着。

那是六号的小孩。他坐在他的汽车里，睁着愤怒的眼睛望着我的孩子。

"是他来撞我的！"他说。

"是他呀！他对我一直冲了过来！"我的大孩子哭

号着说，"他恨我的车子跑得快！"

"要你赔！"小的孩子叫着说。

"你把我车头的漆撞坏了，要你赔！"

他们开始争吵了，大家握着拳，像要打起来。

"算了，算了，"我叫着，"赶紧回家！"

"我早就说过，买车子不如做衣服穿！果然没几天就撞坏了！"妻也走了出来说，"没有撞坏人，还算好的呀！"

我们拖着那可怜的马车，逼着孩子回到了家里。好不容易止住了大孩子的哭泣，细细检查那辆马车，已经没有一点儿救济的办法，只好把它丢到屋角去。

"一定是原来就坏的，所以这样便宜呢！"妻说。

"那自然，"我说，"即使不坏，也不会结实的，所以是牺牲品。这十天来也玩得够了，现在就废物利用，把木头的一部分拆下来烧饭吧。"

"那不能！"大孩子着急地叫着，"我要的！"

他立刻跑去，把那个歪曲了的马头抱住了。许久许久，我还看见他露着忧郁的眼光，翕动着嘴唇在低声地说着什么，轻轻地抚摸着他所珍爱的结束了生命的马车。

一连几天，他没有开过笑脸。

　　王鲁彦（1901—1944），原名王衡，浙江镇海（今宁波市镇海区）人，中国现代著名作家。20世纪20年代初曾在北京大学旁听鲁迅的"中国小说史"课程，大受裨益，开始创作时遂用笔名"鲁彦"，以表达对鲁迅的仰慕之情。

　　王鲁彦一生笔耕不辍，早期创作所表现的伤感与愤激、迷惘与执着，在五四新文化运动落潮之后具有典型意义。此后逐渐成为乡土写实派的一位重要作家。其小说冷峻犀利，揭去矫饰，颇有鲁迅遗风；散文则温婉晶莹、隽永似水。

　　主要作品有短篇小说集《柚子》《黄金》《童年的悲哀》，长篇小说《野火》《小小的心》，散文《故乡的杨梅》《旅人的心》《清明》等。

　　其代表作《故乡的杨梅》入选小学语文教材（三年级上册），选入教材时更名为《我爱故乡的杨梅》。

大作家的语文课

欢畅阅读语文课本里的经典

小学语文课外阅读

以课本内容为核心，精心编选的名家经典

注重培养孩子的阅读力、理解力、写作力和思辨力

书名	ISBN	单价	对应课文	备注
一年级上下册				
一支乱七八糟的歌（注音全彩美绘）	9787531354789	25	《怎么都快乐》	收录的《没有不好玩的时候》入选一年级下册课文时更名为《怎么都快乐》
动物王国开大会（注音全彩美绘）	9787531355694	25	《动物王国开大会》	一年级下册课文
文具的家（注音全彩美绘）	9787531358435	28	《文具的家》	一年级下册课文
夏夜多美丽（注音全彩美绘）	9787531361572	25	《夏夜多美丽》	一年级下册课文
小鸟读书（注音全彩美绘）	9787531362289	25	《小鸟读书》	一年级下册课文
野葡萄（注音全彩美绘）	9787531355670	25	延展阅读	延展阅读
"小溜溜"溜了·怪城奇遇记（注音全彩美绘）	9787531355892	28	延展阅读	延展阅读
"小溜溜"溜了·再见了,怪城（注音全彩美绘）	9787531355908	28	延展阅读	延展阅读
二年级上册				
小鲤鱼跳龙门（注音全彩美绘）	9787531355687	25	《小鲤鱼跳龙门》	二年级上册"快乐读书吧"
"歪脑袋"木头桩（注音全彩美绘）	9787531355700	25	《"歪脑袋"木头桩》	二年级上册"快乐读书吧"
孤独的小螃蟹（注音全彩美绘）	9787531356134	25	《孤独的小螃蟹》	二年级上册"快乐读书吧"
称赞（注音全彩美绘）	9787531354833	25	《称赞》	二年级上册课文
纸船和风筝（注音全彩美绘）	9787531355953	28	《纸船和风筝》	二年级上册课文
烦恼的大角（注音全彩美绘）	9787531356868	25	《企鹅寄冰》	收录的《企鹅寄冰》入选二年级上册课文
植物妈妈有办法（注音全彩美绘）	9787531360872	25	《植物妈妈有办法》	二年级上册课文
雪孩子·小松鼠找花生（注音全彩美绘）	9787531360032	25	《雪孩子》《小松鼠找花生》	《雪孩子》入选二年级上册课文,《小松鼠找花生》入选一年级上册"和大人一起读"
侦探与小偷（注音全彩美绘）	9787531360643	25	延展阅读	《小灵通漫游未来》的作者叶永烈写给孩子的侦探小说
没头脑和不高兴（大字彩绘版）	9787531362371	25	延展阅读	入选中国小学生基础阅读书目和中小学生阅读指导目录
二年级下册				
小柳树和小枣树（注音全彩美绘）	9787531354826	25	《小柳树和小枣树》	二年级下册课文
大象的耳朵（注音全彩美绘）	9787531354758	22	《大象的耳朵》	二年级下册课文
好天气和坏天气（注音全彩美绘）	9787531356875	25	《好天气和坏天气》	二年级下册"我爱阅读"
枫树上的喜鹊（注音全彩美绘）	9787531356912	25	《枫树上的喜鹊》	二年级下册课文
孙悟空在我们村里（注音全彩美绘）	9787531356899	28	延展阅读	延展阅读 中国小学生基础阅读书目必读
大奖章（注音全彩美绘）	9787531355809	25	延展阅读	延展阅读
牧童三娃（注音全彩美绘）	9787531355793	25	延展阅读	延展阅读

书名	ISBN	单价	对应课文	备注
三年级上册				
搭船的鸟（全彩美绘）	9787531355342	25	《搭船的鸟》	三年级上册课文
胡萝卜先生的长胡子（全彩美绘）	9787531355014	22	《胡萝卜先生的长胡子》	三年级上册课文
花的学校（全彩美绘）	9787531355366	25	《花的学校》	三年级上册课文
那一定会很好（全彩美绘）	9787531354703	25	《那一定会很好》	三年级上册课文
铺满金色巴掌的水泥道（全彩美绘）	9787531355373	25	《铺满金色巴掌的水泥道》	三年级上册课文
小灵通漫游未来（全彩美绘）	9787531355359	32	《小灵通漫游未来》	语文教材三年级上册推荐
去年的树·小狐狸买手套（全彩美绘）	9787531360049	25	延展阅读	《去年的树》曾入选三年级上册课文，《小狐狸买手套》入选清华附小等名校推荐阅读书和亲近母语中国小学生分级阅读书目
故乡的杨梅（全彩美绘）	9787531364436	26	《我爱故乡的杨梅》	三年级上册课文
三年级下册				
慢性子裁缝和急性子顾客（全彩美绘）	9787531355915	25	《慢性子裁缝和急性子顾客》	三年级下册课文
昆虫备忘录（全彩美绘）	9787531356073	23	《昆虫备忘录》	三年级下册课文
诗歌魔方 一支铅笔的梦想（全彩美绘）	9787531356516	22	《诗歌魔方 一支铅笔的梦想》	三年级下册课文
方帽子店（全彩美绘）	9787531359890	25	《方帽子店》	三年级下册课文
祖父的园子·火烧云（赵蘅插图版）	9787531363095	28	《祖父的园子》《火烧云》	《火烧云》入选三年级下册课文，《祖父的园子》入选五年级下册课文
鸦鸦（全彩美绘）	9787531357551	22	延展阅读	《鸦鸦》曾荣获陈伯吹儿童文学奖
四年级上册				
龙凤·牛和鹅（全彩美绘）	9787531357544	23	《牛和鹅》	《龙凤》曾荣获陈伯吹儿童文学奖，《牛和鹅》入选四年级上册课文
我和恐龙（全彩美绘）	9787531357520	28	《一只窝囊的大老虎》	收录的《一只窝囊的大老虎》入选四年级上册课文
爬山虎的脚·荷花（全彩美绘）	9787531357506	28	《爬山虎的脚》《荷花》《记金华的双龙洞》《牛郎织女》	《爬山虎的脚》入选四年级上册课文，《荷花》入选三年级下册课文，《记金华的双龙洞》入选四年级下册课文，由叶圣陶先生整理的《牛郎织女》入选五年级上册课文
中国古代神话（精编导读版）（全彩美绘）	9787531358985	22	《中国神话故事》	内容囊括四年级上册"快乐读书吧"推荐阅读的神话内容
蟋蟀的住宅（待出版）			《蟋蟀的住宅》	入选四年级上册课文
四年级下册				
森林报（精编导读版）（全彩美绘）	9787531359715	23	《森林报》	四年级下册"快乐读书吧"推荐
细菌世界历险记（全彩美绘）	9787531360636	29.8	《灰尘的旅行》	收录的《灰尘的旅行》入选四年级下册"快乐读书吧"
穿过地平线：看看我们的地球（待出版）			《看看我们的地球》	四年级下册"快乐读书吧"推荐阅读
五年级上册				
落花生（全彩美绘）	9787531362326	25	《落花生》	五年级上册课文
松鼠（待出版）			《松鼠》	五年级上册课文
少年中国说（待出版）			《少年中国说》	五年级上册课文
五年级下册				
吕小钢和他的妹妹（全彩美绘）	9787531357575	26	延展阅读	《吕小钢和他的妹妹》曾获全国少年儿童文艺创作评奖一等奖。作家任大星曾获陈伯吹儿童文学奖杰出贡献奖
我的朋友容容（全彩美绘）	9787531357513	30	《我的朋友容容》	收录的《牛和鹅》入选四年级上册课文，《我的朋友容容》入选五年级下册课文
六年级上下册				
鲁迅必读经典（全彩美绘）	9787531356202	30	《野草》《朝花夕拾》	六年级上册，收录教材推荐阅读的鲁迅全部作品
北京的春节·草原（全彩美绘）	9787531362104	28	《北京的春节》《草原》	收录的《母鸡》《猫》入选四年级下册课文，《草原》《北京的春节》入选六年级课文
丁香结（全彩美绘）	9787531362760	26	《丁香结》	六年级上册课文
表里的生物	9787531364160	28	《表里的生物》	六年级下册课文
少年音乐和美术故事（全彩美绘）	9787531362333	29	延展阅读	入选新阅读研究所中小学生基础阅读书目